前書き　　　　PREFACE

本書は日本語の初級段階を既にマスターし、さらに日本語を磨きビジネスに生かしたい学習者に向けたテキストです。本書は全14課から構成されており、各課は重要な機能ごとにいくつかのユニットに分けられます。学習者が必要とする課だけ取り出して学習することもできます。

《課ごとの特長》

{第1～3課(就職活動、履歴書、面接)}

就職活動中の方、学生の方、在職中の方などを対象に、日系企業への就職活動や、それに必要な履歴書の書き方や、面接に臨む心がまえなどについて、丁寧に解説しています。

{第4～7課(敬語を知る、あいさつ、紹介する、報告連絡相談)}

敬語、あいさつ、双方の紹介、「ホウ・レン・ソウ」をスマートにこなすことで、「できる自分」を演出できます。本書では、それらをいろいろな使用場面と結びつけ、機能別に学習することができます。

{第8〜9課（電話を受ける、電話をかける）}
日本語での電話は、相手の顔が見えないからこそ、誤解やすれ違いのないような丁寧な応対が必要となります。そこで本書では、電話を使った数多くの場面を設定し、学習者に役立つさまざまな戦略表現をかかげました。

{第10〜11課（アポイントメント、会話訪問と接客）}
アポイントメントの取り方ひとつで相手を判断するケースもあるので、そつなくこなす必要があります。また、会話訪問と接客では、すばやい反応と礼儀正しさが大切です。自らを会社の顔と認識し、訪問先や来訪者によい印象を与えるよう注意しましょう。

{第12〜14課（社内文書、ビジネスメールのマナー、社外文書）}
ビジネス文書は、社内文書と社外文書に大きく分けられます。また、電子メールもいまやビジネスには欠かせないコミュニケーションツールとなりました。分かりやすく、失礼でない文書やメールを書くようにしましょう。

目　録　CONTENTS

第❶課 / 就職活動

就職活動とは、卒業を控えた学生や、就業していない社会人が、自ら仕事を探す活動を言います。略して、就活（しゅうかつ）とも呼ばれます。採用募集を行う企業が定めた応募書類をきちんと揃えることが就職活動の第一歩とも言えます。

▶就職活動の流れ

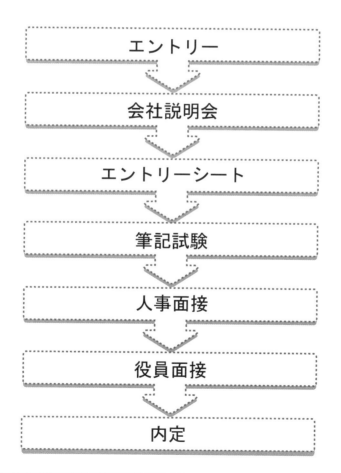

```
エントリー
    ↓
会社説明会
    ↓
エントリーシート
    ↓
筆記試験
    ↓
人事面接
    ↓
役員面接
    ↓
内定
```

▶確認クイズ

　　就職活動に関するキーワード。①〜⑧に合う言葉を選んでください。

①選考の結果、企業から提示される非公開の雇用通知。

②コネクションの略語。就職に有利となる、人とのつながり。

③企業が毎年、新卒の学生を採用すること。

④企業が、年間を通じて不定期に行う、職務経験者の採用。

⑤会社説明会の参加者や採用試験の応募者を対象に、企業が書かせる、独自の登録用紙。

⑥企業が、就職活動をしている者を対象に、自社の事業内容や募集要項、また業界の事情などについて説明をする会。

⑦求人に関する条件をある程度定めているが、場合によっては、相談に応じることもできる、ということ。

⑧自分がどんな人間で、採用する企業にどんなメリットがあるか、理解してもらうように説明すること。

a. コネ	b. 中途採用	c. エントリシート
d. 定期採用	e. 内定	f. 応相談
g. 会社説明会	h. 自己 PR	

■ 企業の採用スケジュール

3年生							4年生			
9月	10月	11月	12月	1月	2月	3月	4月	5月	6月	7月

企業研究

エントリー

会社説明会

採用試験

内定

▶談話 🎧 01-1

CDを聞いて、＿＿＿＿＿＿＿を埋めなさい。

1、日本の年功序列

Ⓐ：年功序列というのは、年齢が増し、＿＿＿＿＿＿＿、給料も高くなり上の地位に昇進するということです。

Ⓑ：能力の高い人も低い人も皆同じなんですか。

Ⓐ：いいえ、＿＿＿＿＿＿＿は人によって違いますから、昇給や昇進はそれによって差があります。でも基本的には定期的に昇給し昇進するというシステムです。

Ⓑ：そうなんですか。＿＿＿＿＿＿＿ね。

2、日本の終身雇用制度

Ⓐ：終身雇用制度というのは、＿＿＿＿＿＿＿そこに勤めることです。

Ⓑ：それは聞いたことがあります。

Ⓐ：でも、最近は＿＿＿＿＿＿＿、転職する人が増えています。わたしの友達なんかも定年まで同じ会社にいるという意識はあまりないようです。

Ⓑ：そうですか。今、日本の雇用制度は、＿＿＿＿＿＿＿＿＿＿ね。

3、日本人の集団意識

Ⓐ：集団意識はグループ内の人間関係をよいものにしていくために大切なものです。日本人は少し＿＿＿＿＿と

言われていますね。

Ⓑ：はい、確かにそうですが、集団意識が強くなりすぎると、
まわりの人が自分についてどう思うか気にして、＿＿＿＿＿
＿＿＿＿＿＿＿＿＿＿＿が多くなるんですよ。

Ⓐ：それで、日本人ははっきり「いいえ」と言わないんですね。

Ⓑ：そのとおりです。＿＿＿＿＿＿＿＿＿＿＿＿＿＿＿発言する
ようになりますから、どうしてもはっきりと自分の意見
を言わなくなってしまうんですよ。

▶会話　就職活動  01-2

陳雨萌：求職者
中　村：日本人の友達

1、CD を聴いて、質問に答えてください。

①日系商社などでは、どこへ求人を頼む場合が多いですか。

②だれが登録や紹介の手数料を払いますか。

2、もう一度 CD を聴いてください。

3、会話を完成してください。

陳　：日本では、＿＿＿＿＿＿＿＿から希望の会社を訪問して、面接や試験を受けますね。

中村：はい、そうです。それから毎年大学などを卒業した者を新入社員として４月にいっせいに採用します。

陳　：そうなんですか。台湾とはだいぶ違うんですね。台湾では、夏から秋に就職活動をやる人が多く、＿＿＿＿＿＿＿＿＿＿＿＿＿＿＿んです。

中村：国によっていろいろと違いますね。そういえば、陳さんの就職活動はうまく行っているんですか。

陳　：なかなか気に入った仕事が見つからないんですが。

中村：そうですか。＿＿＿＿＿＿＿＿＿＿＿＿＿＿。

陳　：主に新聞の求人欄や求人情報誌、それにインターネットの求人情報サイトで探しているんですが。

中村：それもいい方法ですが、最近＿＿＿＿＿＿＿では、人材派遣会社や人材バンクへ求人を頼む場合が多いそうですよ。

陳　：そうなんですか。＿＿＿＿＿＿＿は難しくないんでしょうか。

中村：簡単ですよ。＿＿＿＿＿＿＿＿＿＿＿に行って登録するだけでいいんですよ。それに、わざわざ行かなくても、インターネットのホームページからも登録が可能ですし。

陳　：それだったら便利ですね。ところで、＿＿＿＿＿＿はどのくらいかかるんでしょうか。

中村：＿＿＿＿＿＿＿＿＿＿＿＿＿よ。採用されたときに、その手数料を企業が支払うシステムになっていますから。

陳　：それはいいですね。早速登録してみます。

4、もう一度 CD を聴いて、自分の書いた表現と比べてください。

5、ロールプレイ

A：学生	B：先生
あなたは、今年卒業する予定の学生です。就職のために推薦状が一通必要です。先生に頼んでください。	あなたは、学校の先生です。学生の A さんが依頼に来ます。内容を聞いて承諾してください。

▶ビジネスコラム：職業適性チェック

　　就職するならどんな会社や仕事を選びたいですか。自分を客観的に見つめることで、仕事選びのヒントを見つけよう！

1、働く上で、あなたにとってどれがより大切ですか。四つの項目から当てはまる選択仕を二つ選んでください。
- Ⓐ：これまでの経験が活かせる仕事をしたい
- Ⓑ：尊敬できる上司の下で働きたい
- Ⓒ：成果報酬の仕事がしたい
- Ⓓ：休日がしっかりとれる会社で働きたい

2、働く上で、あなたにとってどれがより大切ですか。四つの項目から当てはまる選択仕を二つ選んでください。
- Ⓐ：自分の意見やアイディアを活かせる仕事がしたい
- Ⓑ：周囲と切磋琢磨する風土の職場で働きたい
- Ⓒ：実力を正しく評価してくれる会社で働きたい
- Ⓓ：毎日定時に帰れる仕事がしたい

3、働く上で、あなたにとってどれがより大切ですか。四つの項目から当てはまる選択仕を二つ選んでください。
- Ⓐ：自分の裁量に任される仕事をしたい
- Ⓑ：研修制度が整っている会社で働きたい
- Ⓒ：手当や福利厚生が充実している会社で働きたい
- Ⓓ：転勤のない仕事がしたい

▶練習

1、社会人としての資質が正しいと思うものには○を、正しくない
　　と思うものを×を入れてください。

①　（　　　　　）丁寧な言葉遣いをし、敬語を正しく使う。

②　（　　　　　）誰の力も借りず、自分の責任でやり遂げることを好
　　　　　　　　　む。

③　（　　　　　）自分の能力をわきまえ、能力以外の仕事には手を出さ
　　　　　　　　　ない。

④　（　　　　　）折り目正しい態度で接し、上下関係を心得る。

⑤　（　　　　　）仕事は納得がいくまでやる性格。

⑥　（　　　　　）時間管理と金銭管理はルーズにならないように。

2、次の問題の答えとして正しいものを、A～Cから一つ選んでく
　　ださい。

①　人材バンクについて間違っていること？

　　Ⓐ：登録も紹介も費用が必要。

　　Ⓑ：カウンセリング制度がある。

　　Ⓒ：登録さえしておけば、会社の求人に応じて連絡してくれ
　　　　る。

②　就職活動に関するキーワードが間違っているのは？

　　Ⓐ：内定：選考の結果、企業から提示される非公開の雇用通
　　　　知。

　　Ⓑ：定期採用：企業が毎年、新卒の学生を採用すること。

Ⓒ：エントリーシート：自分がどんな人間で、採用する企業にどんなメリットがあるか、理解してもらうように説明すること。

③　日本の会社で、トップの役職名はどれでしょうか。

Ⓐ：専務

Ⓑ：社長

Ⓒ：常務

第❷課 / 履歴書

　履歴書は、自分をアピールする絶好のツールです。面接では、主に履歴書の内容に沿って質問されます。自己分析や自己PRと関連させ、自分の長所や仕事に対する熱意が伝わるように、しっかりと書きましょう。

▶履歴書

年　　月　　日現在

ふりがな 氏　　名	写真をはる位置 写真をはる 必要がある 場合 1. 縦　36〜40㎜ 　横　24〜30㎜ 2. 本人単身胸から上 3. 裏面のりづけ
年　　月　　日生（満　　歳）　※ 　　　　　　　　　　　　　　　男・女	

ふりがな 現住所　〒	電話
ふりがな 連絡先　〒　　　（現住所以外に連絡を希望する場合のみ記入）	電話

年	月	学歴・職歴（各別にまとめて書く）

年	月	免許・資格

得意科目・専攻科目	趣味・特技

自己PR	クラブ ・ 課外活動 ・ スポーツなど

志望の動機

本人希望記入欄（特に給料 ・ 職種 ・ 勤務時間 ・ 勤務地 ・ その他についての希望などがあれば記入）

記入上の注意　　1．鉛筆以外の黒又は青の筆記具で記入。

　　　　　　　　2．数字はアラビア数字で、文字はくずさず正確に

　　　　　　　　　　書く。

　　　　　　　　3．※印のところは、該当するものを○で囲む。

▶確認クイズ

　　問題の内容が正しいと思うものには○を、正しくないと思うものを×を入れてください。

① （　　　　）履歴書は正式書類なので、スーツ着用、髪型・服装の乱れが無い写真を使用する。

② （　　　　）高等学校や大学を中退した場合、その経歴は記載しなくてもいい。

③ （　　　　）在学中のアルバイト経験については、職歴欄にはあまり書くべきではない。

④ （　　　　）退職の理由はアピールするところが無い限り具体的に書く必要は特にない。

⑤ （　　　　）履歴書には仕事に関係のあるものだけを書く。勉強中の資格についても書いておこう。

履歴書を書くポイント

1、丁寧に心を込めて書く

2、誤字・脱字に注意し、略字で書かない

3、入学・卒業・入社・退社年月を正しく記載する

4、応募企業が求めている人材を理解する

5、応募企業で生かせる職務経歴を強調する

6、応募企業向けの具体的な志望動機を書く

■ STEP1：履歴書の例とポイント

履歴書　　　① 2013 年　6 月　22 日現在　③

ふりがな	ちん　うほう	
②氏　　名	陳　雨萌	

1991 年 6 月 6 日生（満 22 歳）　※男・⊘女

ふりがな　　たいぺいしちゅうせいろ	電話
現住所　〒 123-456　台北市中正路 22 号	0920-345-678

ふりがな　　かれんしふくあんろ	電話
連絡先　〒 123-456（現住所以外に連絡を希望する場合のみ記入）④花蓮市福安路 22 号	03-525-1111

年	月	学歴 ・ 職歴 （各別にまとめて書く）	
		⑤学歴	
2004	6	台北市立○○高級中学	卒業
2007	9	私立○○大学外国語学部日本語学科	入学
2011	6	私立○○大学外国語学部日本語学科	卒業
2011	9	私立○○大学大学院○○研究科	入学
2013	6	私立○○大学大学院○○研究科	卒業見込
		⑥職歴	
		⑦なし	
			⑧以上

年	月	免許 ・ 資格
2010	3	実用英語技能検定2級　取得
2011	12	日本語能力試験1級　取得
2012	2	中型自動二輪免許　取得
2012	5	普通自動車第一種運転免許　取得
		⑨秘書検定3級合格に向け現在勉強中

得意科目 ・ 専攻科目	趣味 ・ 特技
⑩外国語学部で日本語を専攻しています。音楽やドラマ、ブログなど出来る限り日本語に触れる機会を増やすよう努め、実践的な日本語会話を身につけるようになりました。	⑪写真を撮ること。休日は近所を散歩しながら、花や街の様子を写真に納めています。写真を通して、一つの物事をいろんな角度から見る姿勢を身につけました。
自己PR	クラブ ・ 課外活動 ・ スポーツなど
⑫大学時代はボランティアとして活動して参りました。私は社会人としての経験はありませんが、ボランティア活動やその組織化で培った力を仕事に活かすことができると思っています。	⑬バレーボール部に所属しています。2週間に一度ほどでメンバーと定期的に集まって練習を行っており、スポーツで基礎体力をつけるとともに、コミュニケーションとチームワークの重要さを実感しています。

志望の動機

⑭営業事務は未経験ですが貴社のＨＰを拝見をして、とても活力のある会社だと思い私も是非、貴社で働いてみたく応募しました。大学で学んだ日本語でもっとコミュニケーションできる機会が得られる仕事を望んでいます。日本語が好きで、日本語に触れられることであれば、集中して努力できる自信があります。言語なので、読む書く話すをバランスよく仕事をする中で身につけていきたいと考えています。ぜひ一度、面接の機会をいただきますよう宜しくお願いいたします。

本人希望記入欄（特に給料・職種・勤務時間・勤務地・その他についての希望などがあれば記入）

⑮給料、勤務時間などについてはすべて、貴社の規定に従います。

記入上の注意　１．鉛筆以外の黒又は青の筆記具で記入。

　　　　　　　２．数字はアラビア数字で、文字はくずさず正確に書く。

　　　　　　　３．※印のところは、該当するものを○で囲む。

①郵送又は訪問する日で記入する。

②フォーマットに「ふりがな」と書いてあれば平仮名で、「フリガナ」となっていれば片仮名で振るのが一般的。

③必ず正面から写した写真の裏に名前と連絡先を記載しておく。

④ご実家の住所を記載するのが一般的だが、上記の連絡先に連絡がつかなかった場合に緊急時の連絡先として使用される可能性

もある。

⑤ 最初の行の中央に「学歴」と記載して、以下の行から左付けで列挙していく。

⑥ 職歴欄は多くの場合、学歴欄と一続きになっている。職歴欄を書く場合は、学歴欄の最終行から1行あけて次の行、中央に「職歴」と記載して、以下の行から左づけで職歴を記載していく。

⑦ 新卒者の方であれば、職歴として書くことが無いかと思う。その場合、学歴欄だけで終わらせてはいけない。職歴が無い旨をつたえる必要があるので、学歴を記載した下に一行おいて中央に「職歴」と記載し、次の行に左付けで「なし」と記載する。

⑧ 学歴・職歴欄の最後は、右づけで「以上」という一行で終わらせる。履歴書の提出時点でまだ就職中ということであれば「以上」の代わりに「現在に至る」、もしくは「○年○月にて退職予定」と記載する。

⑨ 免許・資格の欄は、現在まだ取得に至っていなくても、その為の勉強中であればその旨を書いてよいとされている。、「○○取得に向けて現在勉強中」と記載すれば、今はもっていない資格でも、その分野への意欲と興味を示すことができる。

⑩ 相手企業と共通する分野だと高アピール。逆に、かけ離れすぎていると、なぜ得意科目と違う分野に、と疑問を抱かれますので気をつけよう。

⑪ 履歴書に書く趣味、特技は社会人としての常識に当てはまったものでなければいけない。

⑫ 自己PRは自分の性格や個性を売り込む項目。

⑬アピールポイントが高いのは、やはりスポーツ経験である。持
　続力や集中力をアピールできる他、特にチームで行なうスポー
　ツを趣味としていれば、協調性やチームワークなどをアピール
　できる。
⑭志望動機の書き方で重要な基本構成は、この会社に興味を抱い
　たきっかけ、どのように思ったか、なぜこの会社で働きたいの
　かという三点。
⑮ここであまり希望を出しすぎると、融通の利かない人と思われ
　てしまうので、最低限のことを記載しよう。

■ STEP2：送付状の例とポイント

　　送付状の準備はビジネスマナーとしては当然のことですが、履
歴書など応募書類を郵送する際にも必ず同封してください。送付状
に、あなたのアピールポイントや実績を簡潔に記しておくことで、
担当者に興味をもってもらえる可能性が高まります。

② 株式会社○○
　　人事部　　○○様

〒 123 － 4567

台北市中正路 22 号

陳　雨萌

③ 応募書類の送付について

④ 拝啓　貴社ますますご清栄のこととお慶び申し上げます。

⑤ さて、このたび○○○○にて貴社の求人広告を拝見し、貴社の○○○○に深く共感し、ご応募させていただきました。

つきまして、履歴書を同封いたしました。面談の機会を頂きたいと思いますので、ご検討頂きますようお願い申し上げます。

ご多忙の中大変恐縮ですが、どうぞよろしくお願いいたします。

敬具

① 履歴書の日付と同じにすると良い。

② 宛名は、個人宛であれば「様」、会社や部署あてであれば「御中」となる。採用担当者の会社名、部署名、個人名の順で記載する。

③ 真ん中揃えで件名（タイトル）を書く。

④ 「拝啓」、「敬具」、「貴社ますますご清栄〜」などは、特に奇をてらう必要は無く、定型文としてとらえてしまっていい。また、「およろこび」と言う漢字は「お喜び申し上げます」ではなく「お慶び申し上げます」という文字なので、間違えないよ

うにしてください。

⑤添え状には、なぜこの求人に応募したのか、どこに魅力を感じ どういう部分で自分が適していると考えたのか、という志望動 機もさりげなくアピールしよう。

■ STEP3：封筒の例とポイント

　履歴書を郵送するときの封筒についてですが、ここでも気を抜いてはいけません。社会人としての常識的な「封筒の書き方」ということが求められます。最低限の当たり前なことなのですが、緊張してついうっかりミスをしないように、書き方などを確認しておきましょう。

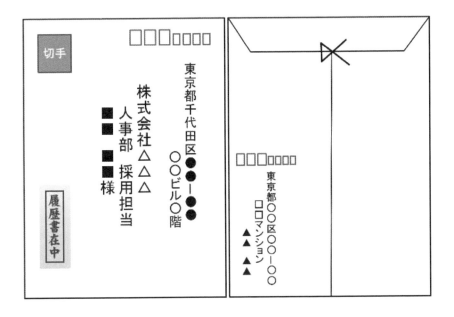

①履歴書を郵送する前にもう一度チェック

　履歴書を書き終えたら、内容に誤りはないか、書き間違えや誤

字は無いかをチェックする。もし、ミスをみつけた場合は新しい履歴書用紙に書きなおす。

② 封筒を用意する

市販の履歴書には、応募用の封筒がセットになって販売されているものもある。履歴書だけを郵送する場合には、中が透けて見えない二重の白封筒が一般的である。

③ 封筒の宛名の書き方

- 社名は省略せずに正式名称を書く。株式会社も（株）ではなく、4文字で書く。
- 宛名は黒いペンまたは黒のボールペンで書く。
- 表面の左の端、やや下のほうに、赤いペンまたは赤いボールペンで、履歴書在中、あるいは、応募書類在中、と書く。
- 裏面の左側に自分の住所、氏名を書く。

④ 書類を封筒に入れる

- すべての書類（履歴書、送付状など）をクリップで留める。
- それを封筒に入れ、のり付けした後に、とじ目に未開封を証明する「〆」を書く。セロハンテープは剥がれやすいのでNG。
- 切手を貼り、なるべく早めに送付する。

▶練習

1、次の問題の答えとして正しいものを、A〜Cから一つ選んでください。

① 封筒を作成するときの注意点で、間違っているのはどれでしょう？

Ⓐ：封筒は中身を入れる前に書いたほうがいい

Ⓑ：但し、「〆」だけは中身を入れて封をし、最後に書く

Ⓒ：封筒の色はカラフルな色を使う

② 宛名を書くときの注意点で正しいのは？

Ⓐ：宛名は住所より若干大きめの字で書く

Ⓑ：敬称は担当者に宛てるならば「殿」

Ⓒ：役職を書く場合、例えば「△△　△△部長様」となります。

③ 手書きのときにしてはいけないこと？

Ⓐ：ボールペンか万年筆などで記入すること。

Ⓑ：間違えた場合は、修正ペンや修正テープなどを使用すること。

Ⓒ：ボールペン等の色黒や紺などの1色で記入することが基本。

2、履歴書のチェックリスト。履歴書で書類選考を行う企業もあります。しっかりと次の項目にチェックをつけましょう。

- ☐ 数字：数字は算用数字に、年号は、西暦か元号のどちらに統一する。
- ☐ 日付：履歴書を直接企業に持参する場合、その日を、郵送する場合は、投函する日を記入する。記入もれに注意！
- ☐ 「ふりがな」：「ふりがな」と書いてあれば、ひらがなで、「フリガナ」と書いてあれば、カタカナで書く。
- ☐ 写真：3カ月以内に撮影したものを使う。証明写真（3×4cm）を使うこと。
- ☐ 住所：省略せず、都道府県から正確に記入する。
- ☐ 学歴：学校名は正式名称を略さず書く。
- ☐ 職歴：アルバイトは職歴に含めない。職歴は、職務経歴書（A4、1〜2枚）を別に付けるのが普通。
- ☐ 免許・資格：取得した免許・資格名は、取得年順に記入する。
- ☐ 趣味・特技：趣味や特技は、面接でも話が弾むように具体的に書くとよい。
- ☐ 志望動機：しっかり企業研究をした上で、その企業の何に共感し、そこで何をしたいのか、積極性を示しながら書く。

第❸課 / 面接

　受験や就職、アルバイトの面接試験などの、人生の中で面接を受ける機会は何度もあります。面接とは、真剣勝負であり、自信や意欲を感じ取ってもらうことがとても重要です。面接では、質疑応答の中身はもちろん、人柄や印象が意外に重要視されています。

ます、ドアをノックし、ハキハキとした声で挨拶。

入室したらドアに向き直り、静かにドアを閉める。

ドアを閉めたら向き直り、一礼。

「●●と申します。よろしくお願いします」と名乗り、一礼。

「どうぞおかけください」と言われてから着席。

椅子の背にもたれかかるのはタブー。

▶確認クイズ

　　面接で気をつけなければいけないことは何でしょうか。面接場面を想像し、次の面接の心構えが正しいと思うものには○を、正しくないと思うものを×を入れてください。

① （　　　） 求職者は自信ある態度で、ハキハキと答える。

② （　　　） 相手の目をじっと見るのは失礼だから下を向いて話す。

③ （　　　） 答えられない質問にも「分からない」と言わないで、うそでも答える。

④ （　　　） 軽くうなずきながら質問を聴く。「はい」と返事をして答える。

⑤ （　　　） 以前勤めていた会社を非難することは絶対にしない。

⑥ （　　　） 短時間で自分をアピールするには、相手に質問させずに早口でたくさん話す。

⑦ （　　　） 第一印象を決定する第一の要素は「声」。

⑧ （　　　） 面接などで椅子に座るときは、背もたれにもたれてもいい。

⑨ （　　　） 転職・就職など、社員としての採用面接を受ける際はやはりスーツが基本です。

⑩ （　　　） 面接時には、メリハリのある前向きなイメージが強い動物柄がおすすめです。

⑪（　　　　）面接で、意欲や前向きな姿勢を相手に伝えるために
は、濃い化粧が効果的です。

⑫（　　　　）夏の面接だったら、サンダルやミュールでも構わな
い。

面接の質問にどのように答えますか。CD を聞いて、＿＿＿＿＿＿を
埋めなさい。

1、面接希望者個人への質問

①面接官：どのような＿＿＿＿＿＿がありますか。

求職者：はい、日本語能力試験 1 級、全民英語検定中級を
持っています。また、近々＿＿＿＿＿＿＿＿を受験し
ようと思っています。

②面接官：＿＿＿＿＿＿＿＿を言ってください。

求職者：はい。私は友人たちからは明るい性格だといわれて
います。自分では友達を大切にすることと、＿＿＿＿＿
＿＿＿＿＿が私の長所だと思います。

2、在学中の生活に関した質問

①面接官：＿＿＿＿＿＿＿＿＿＿はありますか。

求職者：はい、アルバイトをしたことがあります。近所のコ
ンビニエンスストアで＿＿＿＿＿＿＿＿＿＿を主に
行っていました。アルバイトをした理由は、どうし
ても購入したいものがあり、自分で働いて手に入れ
たお金で買いたいと思ったためです。

②面接官：＿＿＿＿＿＿＿＿＿についてあなたはどう思いますか。

求職者：はい。私は夏休みなどに老人ホームを訪問して、介
護のお手伝いなどをしたことがあります。その経験
から、ボランティア活動は、＿＿＿＿＿＿＿＿＿＿

＿＿＿を一緒に分かち合い、お互いに学び合えること
だと思いました。

3、会社に対する質問

①面接官：＿＿＿＿＿＿＿＿＿＿＿＿はご存知ですか。

　求職者：はい、御社の業務内容は知っています。主に中国の
　　　　　工場で衣類全般の生産を行い、＿＿＿＿＿＿＿＿＿
　　　　　＿＿＿＿＿＿＿＿＿＿＿のお店に卸している会社です。私
　　　　　も服の購入時に何度かお世話になりました。

②面接官：＿＿＿＿＿＿＿＿を言ってください。

　求職者：学校で行われました就職説明会のとき、こちらの会
　　　　　社にすでに就職されている先輩が話をされました。
　　　　　そのときの、先輩の印象がとてもよく、またいろい
　　　　　ろと親切にアドバイスして下さいました。そして、
　　　　　こちらの会社についても詳しく説明いただき、それ
　　　　　をお聞きして、＿＿＿＿＿＿＿＿＿＿と思いまし
　　　　　た。

▶会話：面接に行く 🎧 03-2

| 陳雨萌：求職者 |
| 面接官 |

1、CD を聴いて、質問に答えてください。

①陳さんの専攻は何です。

②陳さんが何でこの仕事に応募しようと思ったのですか。

2、もう一度 CD を聴いてください。

3、会話を完成してください。

陳　　　：……（ノック）……

面接官：どうぞお入りください。

陳　　　：＿＿＿＿＿＿＿＿＿＿＿＿＿。

　　　　　……（ドアを閉めたら向き直り、一礼）……

　　　　　陳雨萌と申します。よろしくお願いいたします。

　　　　　……（名乗ったら、一礼）……

面接官：陳雨萌さんですね。＿＿＿＿＿＿＿＿＿＿＿＿＿＿＿。

陳　　　：はい、ありがとうございます。失礼いたします。

　　　　　……（一礼の後、いすに半分ほど腰をかける）……

面接官：＿＿＿＿＿＿＿＿＿＿＿＿＿＿。まずはじめに簡単に自己

　　　　　紹介をお願いします。

陳　　　：はい。私は陳雨萌と申します。今年の六月に名城大
　　　　　学の日本語学科を卒業しました。私は語学が比較的
　　　　　得意で、英語や日本語を勉強するのが大好きです。
　　　　　日本語は言うまでもなく、英語も一生懸命勉強して
　　　　　おります。

面接官：じゃあ、日本語に関しては、あまり問題はなさそう
　　　　　ですね。

陳　　　：まだまだ完璧ではありませんが、日常会話は問題な
　　　　　いと思います。

面接官：そうでしょうね。では、＿＿＿＿＿＿＿＿＿＿＿＿
　　　　　をお聞かせください。

陳　　　：そうですね。まず、御社で＿＿＿＿＿＿＿＿＿＿を募
　　　　　集されていたこと。それに、御社の製品開発力や将
　　　　　来性に何よりも期待しておりますから。

面接官：営業企画は肉体的にも精神的にも大変ハードな仕事
　　　　　ですが、大丈夫でしょうか。

陳　　　：はい、健康には自信があります。それに、＿＿＿＿
　　　　　＿＿＿＿ですから、少々のことでは負けないつもりで
　　　　　す。

面接官：そうですか。＿＿＿＿＿＿＿＿＿＿＿＿＿ね。それでは陳さ
　　　　　んのほうから、何かお聞きになりたいことがござい
　　　　　ますか。

陳　　　：いいえ、特にありません。

面接官：そうですか。では、＿＿＿＿＿＿＿＿＿＿＿＿＿。

陳　　　：本日はありがとうございました。是非よろしくお願いいたします。

　　　　　……（起立していすの横に立って一礼）……

4、もう一度CDを聴いて、自分の書いた表現と比べてください。

5、ロールプレイ

A：求職者	B：面接官
面接官役のBさんと面接の練習をしてください。ドアをノックして入る練習から始めてください。	会社の面接官になったつもりで、ペアで練習しください。

▶ビジネスコラム：身だしなみをチェック！！

　実際に第一印象さえよければ、後は何を言ってもよく聞こえてしまうのが人間なのです。面接となると中身も大切になってくると思いますが、最低限マイナスイメージを避けるように、身だしなみには気をつけましょう。この二人の服装について考えてみてください。

女性：

① 髪型

　色は黒（アパレル系は除きます。）が基本。前髪が長い場合は
ヘアピンで留め、後ろ髪が長い場合は一つにまとめる。お辞儀
をした時に顔に髪の毛がかかり、手で直すようなことがないよ
うに。

② ワイシャツ

　色は白（アパレル系は除きます。）が基本。開襟のものが主流。

③ スーツ

　色は黒が主流。グレーも可。三つボタンでも構わないが、現在
は二つボタンが主流。

④ スカート

　丈は、座ったときに膝が少し出る程度である。

⑤ カバン

　色は黒が主流。A4の書類が十分に入るサイズ。肩かけのタイプ
が主流。

⑥ 靴

　シンプルな黒のパンプス

男性：

① 髪型

色は黒（アパレル系は除きます。）が基本。表情がよく見える短髪が好まれる。

② ワイシャツ

色は白（アパレル系は除きます。）が基本。袖は、腕を下ろしたときに上着から 0.5cm 〜 1cm ほど覗く程度が適切である。

③ ネクタイ

派手でない単色であれば OK。色が与える印象（赤は積極性、青は知性、黄は社交性）を考慮して、自分 PR ポイントと一致させる人もいる。柄は、ストライプ（斜線）、ドット、無地が一般的である。

④ スーツ

色は黒かグレー。三つボタンでも構わないが、現在は二つボタンが主流。下のボタンは必ず外す。

⑤ カバン

色は黒か主流。A4 の書類が十分に入るサイズで、フロアにおいた時に倒れないスタンディングタイプ。

⑥ 靴下

黒、グレー、紺でシンプルなデザインのもの。肌が露出することのないよう、長めの丈のものを選ぶ。

⑦ 靴

色は黒。紐付きのシンプルなデザインが主流。

▶練習

1、次の問題の答えとして正しいものを、A～Cから一つ選んでください。

① 面接に行くときに、ふさわしいバッグは？

Ⓐ：リュック

Ⓑ：ビジネスバッグ

Ⓒ：何も持たない

② 女性が着ないほうがいいのは、どんな服？

Ⓐ：ブラウス

Ⓑ：ポロシャツ

Ⓒ：キャミソール

③ 面接室や応接室など前まで来たら、ノックは何回しています

か？

Ⓐ：4回

Ⓑ：1回

Ⓒ：3回

④ 面接のときにしてはいけないこと？

Ⓐ：訪問時間の15分前には、ゆとりをもって受付を済ませ

よう。

Ⓑ：控え室でうろうろ歩き回ったり、携帯電話を使用したり

する。

C ：おじぎの視線は、体の動きとともに自然に下のほうにむけ、体を起したら、面接担当者の顔に自然と視線を戻す。

2、就職試験においては、ほぼ100％、何かの形で面接が行なわれます。面接場面を想像し、次の面接問題を考えてみてください。

① あなたの希望職種を教えてください。

② あなた自身が向いていると思う仕事は？

③ クラブ活動をしていましたか？入部した理由を教えてください。

④ あなたの成績や勉強はどうでしたか？

⑤ 結婚した場合、仕事はどうされますか？

⑥ この会社の他に、どのような会社を受けていますか ？

3、身だしなみチェックリスト
面接官に好印象の身だしなみで好感 UP ！第一印象で面接の高得点を目指しましょう！次の項目にチェックをつけましょう。

□　ヘアスタイル清潔感がありますか？寝癖がついていませんか？

- [ ] 顔色・肌の調子は OK ですか？
- [ ] 化粧は控えめですか？
- [ ] ネクタイは曲がっていませんか？
- [ ] ネクタイの柄はハデすぎませんか？また、シャツとのバランスはいいですか？
- [ ] ブラウスの襟が広がっていませんか？
- [ ] シャツ・ブラウスにしっかりアイロンをかけていますか？
- [ ] スーツ・シャツのサイズはあっていますか？
- [ ] スーツに皺がよっていませんか？または、汚れていませんか？
- [ ] ズボンのラインはしっかり入っていますか？
- [ ] 柄物の靴下を履いていませんか？ストッキングは透明ですか？
- [ ] 靴は汚れていませんか？皺になっていませんか？
- [ ] ヒールが低すぎる、または高すぎる靴を履いていませんか？
- [ ] バッグはしっかりした形の黒を用意していますか？
- [ ] 時計はビジネス用ですか？
- [ ] ピアスははずしていますか？
- [ ] マニキュアはとっていますか？または、透明ですか？
- [ ] 爪は短く切っていますか？

第❹課 / 敬語を知る

　敬語は、口語や文書などで言葉を表現をする場合、その当事者同士の上下関係を言葉で表現するために用いられる語法です。つまり相手を敬う気持ちを示す方法として敬語が存在します。敬語の種類は三つ。まずはそれぞれの違いを理解しましょう。それぞれの違いを理解することが、正しく敬語を使う第一歩です。

尊敬語
相手側に敬意を表す言い方

謙譲語
自分側がへりくだる言い方

丁寧語
相手に対する丁寧な言い方

敬語の基本型		
尊敬語	お＋和語＋になる ご＋漢語＋になる	お待ちになる（待つ） ご入学になる（入学する）
	～（ら）れる	行かれる（行く） 来られる（来る）
	特別な尊敬語	いらっしゃる（いる） おっしゃる（言う）

敬語の基本型		
謙譲語	お＋和語＋する	お聞きする（聞く）
	ご＋漢語＋する	ご説明する（説明する）
	～（さ）せていただく	読ませていただく（読む）
	特別な謙譲語	参る（行く）
		申す（言う）
丁寧語	お＋和語	お酒 (酒)
	ご＋漢語	ご両親（両親）
	～です	「です ・ ます」で結ぶ
	～ます	

▶ 敬語動詞表

基本形	尊敬語	丁寧語	謙譲語
いる	いらっしゃる おいでになる	います	おる
行く	いらっしゃる おいでになる	行きます	参る 伺う
来る	いらっしゃる お越しになる お見えになる	来ます	参る 伺う
言う	おっしゃる	言います	申す 申し上げる
する	なさる	します	いたす

基本形	尊敬語	丁寧語	謙譲語
聞く	お聞きになる	聞きます	伺う
見る	ご覧になる	見ます	拝見する
会う	お会いになる	会います	お目にかかる
食べる／飲む	召し上がる	食べます	いただく
もらう	お受けになる お納めになる	もらいます	いただく 頂戴する
知っている	ご存じである	知っています	存じておる 存じあげておる
死ぬ	お亡くなりになる	死にます	亡くなる
あげる		あげます	さしあげる
くれる	くださる	くれます	

▶確認クイズ

1、問題の内容が正しいと思うものには○を、正しくないと思うものを×を入れてください。

① (　　　　　) 課長が部長に「社長がそろそろお見えです」と伝える。

② (　　　　　) お客様に上司のことを「○○課長です」と紹介する。

③ (　　　　　) 「山田様でございますね。お待ちいたしておりました」と言ってお客様を迎える。

④ (　　　　　) 会社の後輩は名前を「呼び捨て」でも構わない。

⑤ (　　　　　) 「お〜する」という敬語は自分の動作に対して使う。

⑥ (　　　　　) 「どうですか」の尊敬語は「いかがになりますか」である。

2、次の二重敬語を正しい言い方に直してください。

①社長がそのようにおっしゃられました。

②常務はもうお帰りになられましたでしょうか。

③田中先生がお見えになられましたら、会議を始めます。

④どうぞお弁当をお召し上がりになられてください。

日にちにも敬語がある

きょう	→	ほんじつ（本日）
あした	→	みょうにち（明日）
きのう	→	さくじつ（昨日）
あさって	→	みょうごにち（明後日）
おととい	→	いっさくじつ（一昨日）

▶ 談話　🎧 04-1

CD を聞いて、＿＿＿＿＿＿＿＿＿＿＿を埋めなさい。

1、～（さ）せていただきます

① Ⓐ：＿＿＿＿＿＿＿＿＿＿＿を担当させていただきます東京貿易

　　　の佐藤でございます。どうぞよろしくお願いいたします。

　 Ⓑ：いつも＿＿＿＿＿＿＿＿＿＿＿。営業部の池内でござい

　　　ます。こちらこそどうぞよろしくお願いいたします。

② Ⓐ：うちの国内支社の一覧です。どうぞ＿＿＿＿＿＿＿＿＿＿。

　 Ⓑ：ありがとうございます。では、＿＿＿＿＿＿＿＿＿＿＿

　　　＿＿。

2、～ていただけますでしょうか

① Ⓐ：申し訳ございませんが、お約束の時間を 3 時から 4 時に

　　　していただけますでしょうか。

　 Ⓑ：わかりました。では、4 時に＿＿＿＿＿＿＿＿＿＿＿＿。

② Ⓐ：＿＿＿＿＿＿＿＿＿＿が、今日中に＿＿＿＿＿＿＿＿を送

　　　っていただけますでしょうか。

　 Ⓑ：わかりました。

3、お／ご～いただく

① Ⓐ：契約の条件について＿＿＿＿＿＿＿＿＿＿と思います。

　 Ⓑ：わかりました。では、2、3 日中に＿＿＿＿＿＿＿＿＿＿。

② Ⓐ：恐れ入りますが、こちらで少々＿＿＿＿＿＿＿＿＿＿か。

　 Ⓑ：はい、＿＿＿＿＿＿＿＿＿＿。

▶会話：敬語について  04-2

陳雨萌：求職者
中　村：日本人の友達

1、CD を聴いて、質問に答えてください。

①陳さんは何を読んでいますか。

②日本の社会では、仕事をする時に、敬語は大切ですか。

2、もう一度 CD を聴いてください。

3、会話を完成してください。

中村：陳さん、何を読んでいるんですか。

陳　：これですか。＿＿＿＿＿＿＿＿＿＿＿＿という本です。

中村：どういう内容ですか。

陳　：日本の一般的なマナーや日本人が習慣的に行っている
　　　ビジネスマナーを紹介したものです。

中村：おもしろそうですね。ビジネスシーンでよく使われる
　　　敬語も紹介されているんですか。

陳　：はい、敬語もありますよ。そういえば、＿＿＿＿＿＿
　　　＿＿＿でお聞きしたいことがあるんですが。

中村：＿＿＿＿＿＿＿＿＿＿＿＿＿。

陳　：日本の社会では、仕事をする時に、敬語は大切ですか。

中村：はい、＿＿＿＿＿＿＿＿＿＿に気を使わなければならないですから、会社員にとって＿＿＿＿＿＿＿＿＿は重要ですよ。

陳　：私はどうも敬語が苦手なんですが…。

中村：日本人も敬語が苦手な人がだいぶいますよ。とくに、若い人の言葉が乱れていて、正しい敬語が使われなくなってきているんです。

陳　：つまり、＿＿＿＿＿＿＿＿＿という問題ですね。

中村：その通りです。最近では若い人が＿＿＿＿＿＿＿＿＿＿＿＿＿＿＿＿、残念ながら何年か先に入社した先輩の敬語も、全てが正しいとは言えません。

陳　：それは聞いたことがあります。何年も勤めていたって、正しい敬語を理解していない人もいるんですね。

中村：そうなんですよ。

陳　：やはり敬語が難しいですね。どうしたら正しい敬語を身につけることができますか。

中村：そうですね。陳さんの読んでいるビジネスマナーという専門の解説書などを開いてみるといいでしょう。

陳　：それが一番いいことなのはわかるんですけど、もっと手っ取り早く「これはダメ」というのを教えてくれませんか。

中村：使ってはいけない言葉を、一概に「これ」と＿＿＿＿＿＿＿＿＿＿＿＿＿＿。そのときの状況や対応する人によって、タブーになる言葉は様々だからです。

陳　：やはり、＿＿＿＿＿＿＿＿＿＿＿＿自分から積極的
　　　に話すのが一番いい方法かもしれませんね。

中村：そうですね。もし使ってはいけない場面で使ってはいけ
　　　ない言葉を発すれば、そのときは周りの上司や先輩が注
　　　意してくれるでしょう。そこで注意された内容をあなた
　　　が聞き入れること、これが一番「いい勉強」なのです。

陳　：よくわかりました。どうもありがとうございます。

**4、もう一度 CD を聴いて、自分の書いた表現と比べてくだ
さい。**

5、ロールプレイ

A：学生	B：先生
先生から日本語敬語のテストを返してもらったとき、減点された理由が分かりません。先生に答案用紙を見せながら、なぜ間違っているのかを教えてもらいます。	先週行った日本語敬語のテストを学生に返却しました。質問してきた学生に対して、親切に答えてください。

▶ ビジネスコラム：若者敬語

　　大人の言葉遣いが求められるビジネス場面で若者言葉を使っていると、幼く未熟な印象を与えてしまいます。本当は目上の方も案外使ってしまっている言葉なのですが、使われる側に立つと馬鹿にされたなどと、悪い印象を持たれてしまいます。言葉は慎重に選ぶ必要があります。次の表現が正しいと思うものには○を、正しくないと思うものを×を入れてください。

① （　　　　　） それじゃ、コーヒーでいいです。
　 （　　　　　） それでは、コーヒーをお願いします。

② （　　　　　） 超いいですね。
　 （　　　　　） とてもいいですね。

③ （　　　　　） こちらが資料になります。
　 （　　　　　） こちらが資料でございます。

④ （　　　　　） 以上でよろしかったでしょうか。
　 （　　　　　） 以上でよろしいでしょうか。

⑤ （　　　　　） 私的にはＡ案でいきたいと考えております。
　 （　　　　　） 私といたしましてはＡ案でいきたいと考えております。

⑥（　　　）それ、マジですか？

　（　　　）それは本当ですか？

⑦（　　　）1,000 円からお預かりいたします。

　（　　　）1,000 円お預かりいたします。

⑧（　　　）お煙草の方、吸われますか？

　（　　　）お煙草、吸われますか？

▶練習

1、ビジネス会話の丁寧語に直しましょう。

① （恐縮の）すみません　（　　　　　　　　　　　　　　　　）

② （謝罪の）すみません　（　　　　　　　　　　　　　　　　）

③ （依頼の）悪いんですが（　　　　　　　　　　　　　　　　）

④ どうですか　　　　　　（　　　　　　　　　　　　　　　　）

⑤ わかりました　　　　　（　　　　　　　　　　　　　　　　）

⑥ わかりません　　　　　（　　　　　　　　　　　　　　　　）

⑦ できません　　　　　　（　　　　　　　　　　　　　　　　）

⑧ 教えます　　　　　　　（　　　　　　　　　　　　　　　　）

2、次の問題の答えとして正しいものを、A～Cから１つ選んで
　　ください。

① 敬語の使い方が不適切なのはどれでしょう？

　　Ⓐ：社長が申し上げられた通りです。

　　Ⓑ：社長が言われたとおりです。

　　Ⓒ：社長がおっしゃったとおりです。

② 敬語の使い方が不適切なのはどれでしょう？

　　Ⓐ：明日、２時に弊社までお越しください。

　　Ⓑ：明日、２時に弊社までお伺いください。

　　Ⓒ：明日、２時に弊社までいらしてください。

③　お客様に対しての言葉遣い。もっとも適切なのはどれ？

　　Ⓐ：「受付でお伺いしていただけますでしょうか」

　　Ⓑ：「受付でお尋ねください」

　　Ⓒ：「受付でお尋ねいただけますでしょうか」

④　ショップでの接客。言葉遣いに間違いがないのはどれ？

　　Ⓐ：「ただ今新しい商品をお持ちいたします」

　　Ⓑ：「お待たせいたしました。こちらの商品でよろしかった
　　　　でしょうか」

　　Ⓒ：「5,000円からお預かりいたします。1,000円のお返し
　　　　でございます」

3、次の語句を正しい言い方に直してください。

①田中様がまいられました。

②こちらを拝見してください。

③木村様でございますね。

④部長がおっしゃられたように……。

⑤上村課長が申された提案内容に賛成です。

⑥（係長に対して）係長、課長にその報告書をお見せしてくださ
い。

⑦資料はあちらでいただいてください。

⑧加藤様はどちらにいたしますか。

⑨いうちにいただいてください。

第⑤課 / あいさつ

あいさつは、ビジネスマナーの基本で、相手とのコミュニケーションを円滑にする道具です。日常生活の中でも何気なく行っているあいさつですが、ビジネスシーンにおいてあいさつは欠くことのできない大切な要素となります。正しいあいさつのポイントを心得て、心のこもった気持ちの良いあいさつをしたいものです。

▶あいさつの心得

1
自分から先にあいさつする
あいさつは先手必勝。苦手な人ほど自分からあいさつするよう心がけて。

2
明るくはっきりと
あいさつは相手に届いてこそ意味があるもの。語尾までしっかり発音を。

3
にこやかに笑顔で
無表情では相手も心をひらいてくれない。にこやかな笑顔で心のドアをノックすれば、相手も反応してくれるはず。

▶知っておきたいオフィスでのあいさつ言葉

状況	あいさつ言葉
朝のあいさつ ／ 出社したら	おはようございます
廊下ですれ違う際などの日常的なあいさつ	こんにちは / お疲れ様です
離席や外出をする	席を外します／○○へ行って参ります
離席や外出をする人を見送る	行ってらっしゃい
離席や外出から戻る	ただいま戻りました
離席や外出から戻った人を迎える	お帰りなさい
謝罪する	申し訳ございません
相手の動作を中断させる	失礼いたします / お手すきですか？
顧客や取引先など社外の方へのあいさつ	いつも大変お世話になっております
退社する	お先に失礼します
上司や同僚が退社する	お疲れ様でした ※「ご苦労様でした」は「大名言葉」になるためNG

▶確認クイズ

　　問題の内容が正しいと思うものには○を、正しくないと思うものを×を入れてください。

① （　　　　）上司にあいさつするときのお辞儀は会釈でOK。

② （　　　　）何度も頭を下げるお辞儀は丁寧な印象を与える。

③ （　　　　）お辞儀とあいさつは分けて行うのがベスト。

④ （　　　　）先に帰宅する上司に対して、「ご苦労様でした」と言う。

⑤ （　　　　）上司より先に退社するときは、「何かお手伝いすることはありませんか」と声をかける。

⑥ （　　　　）日本人はシャイなので、顔を見ないでお辞儀をしたほうがいい。

始業前のマナー

- 始業時間前には着席
- OA機器のチェック
- 机の上を整理整頓しておく
- 1日の予定を確認する

終業時のマナー

- その日の仕事は終わらせる
- 必要な資料・書類を準備しておく
- 忙しそうな先輩や同僚がいたら、手伝いを申し出る
- 上司に一言連絡して帰宅する
- ＯＡ機器のチェック
- 机の上を整理整頓しておく
- １日の予定を確認する

▶ 談話 🎧 05-1

CDを聞いて、_____を埋めなさい。

1、出社したときのあいさつ

Ⓐ：おはようございます。

Ⓑ：おはようございます。

Ⓐ：きのうは_____。わざわざ歓迎会を
していただいて、本当にありがとうございました。

Ⓑ：いいえ、_____。鈴木さんはあ
の後二次会に行きましたか。

Ⓐ：はい、歓迎会の後、二次会だとおっしゃって、田中さん
たちが別の店に連れて行ってくださいました。

2、退社するときのあいさつ

Ⓐ：まだ帰らないんですか。

Ⓑ：はい、まだ明日の会議の準備が終わらないんですよ。今
日中にこの資料をまとめなくちゃならないんです。

Ⓐ：そうなんですか。大変ですね。_____
____はありますか。

Ⓑ：ありがとう。一人で大丈夫ですよ。もう少しで終わりま
すから。

Ⓐ：そうですか。では、_____。

Ⓑ：_____。

3、久しぶりに会ったときのあいさつ

Ⓐ：＿＿＿＿＿＿＿＿＿＿＿。

Ⓑ：こちらこそ。＿＿＿＿＿＿＿＿＿＿＿＿か。

Ⓐ：おかげさまで、＿＿＿＿＿＿＿＿＿。

Ⓑ：夏休みはいかがでしたか。どこかへいらっしゃいました
か。

Ⓐ：はい、妻と北海道へ行ってきました。

状況	時候のあいさつ
天候	いいお天気ですね　/　あいにくのお天気ですね
春	ずいぶん暖かくなりましたね　/　すっかり春めいてきましたね
夏	毎日暑くて大変ですね　/　今年の夏は格別に暑いですね
秋	ずいぶん過ごしやすくなりましたね　/　陽が短くなりましたね
冬	めっきり寒くなりましたね　/　暮れも押し迫ってきましたね

> 陳雨萌：中日商事の新入社員
> 池　内：中日商事の先輩社員

1、CD を聴いて、質問に答えてください。
　　①春一番はどういう意味ですか。
　　②毎年、四月上旬ごろ吹くんですか。

2、もう一度 CD を聴いてください。

3、会話を完成してください。
　　陳　　：おはようございます。
　　池内：おはようございます。
　　陳　　：きのういろいろ教えていただいて、ありがとうござい
　　　　　　ました。
　　池内：いいえ、＿＿＿＿＿＿＿＿＿＿＿＿＿＿＿＿。
　　陳　　：今日はすごい風ですね。
　　池内：はい、＿＿＿＿＿＿＿＿＿＿＿＿ですよ。
　　陳　　：春一番は何ですか。
　　池内：＿＿＿＿＿＿＿＿＿＿＿＿＿＿＿＿＿＿＿のことです。
　　陳　　：そうなんですか。毎年、今ごろ吹くんですか。

池内：いいえ、今年は今までで一番早いんだって。今日はず
　　　いぶん暖かいでしょう？

陳　：＿＿＿＿＿＿＿＿＿＿＿＿＿＿＿＿ね。

池内：もうこれからは春なんですよ。

4、もう一度CDを聴いて、自分の書いた表現と比べてください。

5、ロールプレイ

A：後輩	B：先輩
以前勤めていた会社の先輩に久しぶりに会いました。あいさつをしてください。	Aさんのあいさつに応対してください。そして、その後どうか聞いてください。

▶会話－2：外出時のあいさつ  05-3

陳雨萌：中日商事の新入社員
池　内：中日商事の先輩社員

1、CDを聴いて、質問に答えてください。
　　①先輩の池内さんは陳さんに何をお願いしたんですか。
　　②東京貿易との交渉が難航するようでしたら、どうすればよろ
　　　しいでしょうか。

2、もう一度CDを聴いてください。

3、会話を完成してください。
　　池内：陳さん、ちょっと＿＿＿＿＿＿＿＿＿＿＿＿＿が。
　　陳　：はい、何でしょうか。
　　池内：＿＿＿＿＿＿＿＿＿を東京貿易へ届けに行ってもらえま
　　　　　すか。
　　陳　：はい、わかりました。それで、何時までに＿＿＿＿＿
　　　　　＿＿＿＿＿＿＿でしょうか。
　　池内：2時までにお願いできますか。
　　陳　：はい、＿＿＿＿＿＿＿＿＿。では、したくします。
　　　　　戻りはたぶん4時ごろになると思いますが。
　　池内：わかりました。

陳　　：何か先方に伝えることはありますか。

池内：特にないですが、もし、東京貿易との交渉が難航する
　　　ようでしたら、一度会社に電話を入れてください。

陳　　：はい、わかりました。では、＿＿＿＿＿＿＿＿＿＿。

池内：行ってらっしゃい。

4、もう一度 CD を聴いて、自分の書いた表現と比べてください。

5、ロールプレイ

A：同僚	B：同僚
きのうの午後、熱を出したので、自分の仕事を同僚のBさんに頼んで早退しました。出社してBさんを見かけたので、あいさつをしてください。	きのうの午後、同僚のAは熱を出し、あなたに自分の仕事を頼んで早退しました。Aさんが出社してきてあいさつをするので、体の調子について聞いてください。

▶ビジネスコラム：お辞儀

　　日本式のあいさつとお辞儀はセットです。お辞儀は、あいさつの言葉を交わす際や、感謝や謝罪、敬意などを態度で表現するために行う動作です。ビジネスシーンのみならず日常生活でも様々な状況で幅広く使われ、コミュニケーションを図るにはとても大切な行為となります。「先言後礼」を踏まえて、お辞儀のプロセスを分解すると、まず動作を止め、笑顔で相手の目を見てから、その場に応じた言葉を発し、再び相手の目を見て、スッと早く頭を下げます。その状態で2秒ほど止めた後、ゆっくりと体を起こして、最後にもう一度笑顔でアイコンタクトをします。これを身につけたら、次はお辞儀の種類を確認しましょう。

① 会釈……軽いお辞儀（傾き約 15 度）
- 上司や来客の方とすれ違うとき

② 普通礼……一般的なお辞儀（傾き約 30 度）
- 出社 / 退社時のあいさつ
- 入室 / 退室時のあいさつ
- 仕事の指示を受ける時 / 出す時
- 来客の方の出迎え / 見送り
- お茶だしの際のあいさつ
- 得意先などへの訪問時

③ 最敬礼……最も丁寧なお辞儀（傾き約 45 度）
- 感謝の気持ちを伝える時
- 謝罪の気持ちを伝える時

- 重要な用事を依頼する時
- 冠婚葬祭など改まった行事などでのあいさつ

▶ 練習

1、こんな時、何と言いますか。①～⑩に合う表現を選んでください。

① 一日をさわやかにスタートさせましょう

② 失敗は素直に認めましょう

③ 暖かく迎えましょう

④ 外出を知らせましょう

⑤ 無事に戻ったことを伝えましょう

⑥ 相手の苦労をねぎらいましょう

⑦ 退社の際に忘れず言いましょう

⑧ 相手の動作を中断させるときに使いましょう

⑨ 感謝を伝えましょう

⑩ 気持ちよく送り出しましょう

a. ただいま戻りました　　　b. お疲れ様でした

c. おはようございます　　　d. 行ってまいります

e. 申し訳ございません　　　f. お帰りなさい

g. ありがとうございます　　h. お先に失礼します

i. 失礼いたします　　　　　j. 行ってらっしゃい

2、次の問題の答えとして正しいものを、A〜Cから一つ選んでく
ださい。

① 廊下で社長と会ったときは、敬意を表してどれくらいの角度の
　お辞儀をすればいい？

　Ⓐ：15 度

　Ⓑ：30 度

　Ⓒ：45 度

② 上司が先に退社。適切なあいさつはどれ？

　Ⓐ：「ご苦労様でした」

　Ⓑ：「お疲れ様でした」

　Ⓒ：「さようなら」

③ お辞儀を行う際の注意点が正しいのは？

　Ⓐ：会釈は首だけ曲げてすまさないように

　Ⓑ：座ったままお辞儀をする

　Ⓒ：何度もペコペコお辞儀をする

④ 視線づかいのテクニックが間違っているのは？

　Ⓐ：上目づかい

　Ⓑ：視線は一点に集中せず、目の周辺や額、口元、襟元など
　　　適度に散らすこと

　Ⓒ：肝心なところはじっと目を見る

3、お辞儀を行う際、どのような順番ですればよいのかを考えてください。

Ⓐ：挨拶の言葉を言い終わるタイミングで、腰から上半身を前に倒してお辞儀。

Ⓑ：一呼吸間をおいて、ゆっくりと体を起こす。

Ⓒ：両手を前で揃えるなど、手の位置を定める。

Ⓓ：相手と目線を合わせる。段差のある場合などでは相手と同じ高さに移動する。

Ⓔ：体を起こしたら、再度相手と目線を合わせる。

Ⓕ：背筋をまっすぐに伸ばし、きれいな姿勢で立つ。

Ⓖ：歩いている途中でも一旦立ち止まる。

順番：(　　　) → (　　　) → (　　　) → (　　　) → (　　　) → (　　　)

　　　　→ (　　　)

第❻課 / 紹介する

　ビジネスの場では、人を紹介する機会が多くあります。紹介のビジネスマナーの鉄則は、お客様や目上の人、年長者のように、もてなしたい方に対して先に行うことです。基本の順序を覚え、相手に失礼のないようにしましょう。

①自社の人と社外の人がいる場合は、先に自社の人を社外の人に紹介する。

| 【先】自社の人 | 【後】社外の人 |

②会社での地位や社会的地位に差がある人の場合は、地位の低い人を先に紹介する。

【先】役職が下	【後】役職が上
【先】年下の人	【後】年上の人
【先】目下の人	【後】目上の人

③「1人と複数」のときは、1人を先に紹介し、複数の方は地位の高い人から（あるいは並んだ順に）紹介する。

| 【先】1人 | 【後】複数 |

④取引き先同士を紹介するような場合は、自分が親しくしている人から先に紹介する。

| 【先】親しい人 | 【後】面識の少ない人 |
| 【先】身内や家族 | 【後】他人 |

⑤「紹介してください」などと頼まれたときは、その人から先に紹介する。

| 【先】男性 | 【後】女性 |

⑥パーティーなど、男性と女性が同席した場合は、先に男性、後で女性を紹介する

| 【先】男性 | 【後】女性 |

▶確認クイズ

1、池内さんは上司と一緒に東京貿易へ行って、東京貿易の部長に
　　あいさつをします。上司と東京貿易の部長は初めて会います。
　　誰を最初に紹介したらいいか考えてください。

2、あなたの上司は藤田部長である。次のような場合、上司をどの
　　ように呼んだらよいか。適切な言葉を（　　　　　　）内に答えて
　　ください。

① 上司に、常務から電話だと言うとき
　「（　　　　　　　　　　）、常務からお電話でございます。」

② 取引先の人に、上司は外出中だと言うとき

「ただ今（　　　　　　　　　　　）は、外出中しております。」

③ 上司の家族に、上司は来客中だと言うとき

「あいにく（　　　　　　　　　　）は、来客中でございます。」

CDを聞いて、＿＿＿＿＿＿＿＿＿＿を埋めなさい。

1、配属先で自己紹介する

Ⓐ：＿＿＿＿＿＿＿、今日からこちらで働くことになりました陳と申します。＿＿＿＿＿＿＿＿＿＿＿頑張りますので、よろしくお願いいたします。

Ⓑ：池内です。こちらこそ、よろしくお願いします。わからないことは、＿＿＿＿＿＿＿＿＿＿＿＿＿。

2、歓迎会での自己紹介

Ⓐ：＿＿＿＿＿＿＿＿＿＿＿＿＿＿陳雨萌と申します。陳は陳列の陳、雨は雨女の雨、萌は草冠に明るいという字、芽生えるという意味です。本日は私のためにこのような会を催して頂きましてありがとうございます。＿＿＿＿＿＿＿＿＿をこの会社で迎えられることを本当に嬉しく思っています。真面目で正直なところが自分の長所だと思っています。仕事に慣れないうちは＿＿＿＿＿＿＿と思いますが、どうか＿＿＿＿＿＿＿よろしくお願いします。

3、名刺がないとき

Ⓐ：鈴木部長、こちらは弊社の営業部長の藤田＿＿＿＿＿＿。部長、こちらは開発部長の鈴木様＿＿＿＿＿＿＿。

Ⓑ：私は中日商事営業部の藤田と申します。いつも池内がい

ろいろとお世話になっております。

…… （名刺を渡す） ……

Ⓒ：＿＿＿＿＿＿＿＿＿＿。鈴木と申します。申し訳ござい

ません。あいにく＿＿＿＿＿＿＿＿＿＿。

▶会話－1：新入社員を紹介する 06-2

> 陳雨萌：中日商事の新入社員
> 藤　田：中日商事の営業部部長
> 池　内：中日商事の先輩社員
> 石　原：中日商事の先輩社員

1、CD を聴いて、質問に答えてください。
　①陳さんはどのぐらい日本語を勉強しましたか。
　②陳さんは誰のアシスタントになりますか。

2、もう一度 CD を聴いてください。

3、会話を完成してください。
　藤田：皆さん、今日から＿＿＿＿＿＿＿＿＿＿＿陳さんを紹
　　　　介します。じゃ、陳さん、＿＿＿＿＿＿＿＿をお願い
　　　　します。
　陳　：このたび入社致しました陳雨萌と申します。一生懸命
　　　　頑張りますので、よろしくお願いします。
　藤田：陳さんは、４年間大学で日本語を勉強されました。そ
　　　　してこのたび、優秀な成績で＿＿＿＿＿＿＿＿に合
　　　　格されました。

陳　：いえいえ、とんでもないです。日本の会社で働くことは、初めてなので、不安だらけです。仕事に慣れないうちは＿＿＿＿＿＿＿＿＿＿＿＿＿＿と思いますが、ご指導のほどよろしくお願いします。

池内：初めまして、池内です。私も去年、こちらに来たばかりですので、ちょっとだけ先輩ですが、一緒に頑張りましょう。

石原：どうも石原です。この中で＿＿＿＿＿＿かもしれません。ここのことは、だいたいわかっているつもりですけど、わからないことは、遠慮せずに何でも聞いてください。

藤田：石原くん、陳さんの仕事ですけど、とりあえず、君のアシストからやってもらおうと思うんですが、どうでしょうか。

石原：はい、ちょうど私も＿＿＿＿＿＿＿＿＿＿困っていたところですから、助かります。

藤田：じゃあ、そうしましょう。それから、池内さん、陳さんに回りの環境とか、いろいろ案内してあげてください。

池内：はい、わかりました。陳さん、＿＿＿＿＿＿。こちらは会議室です。給湯室とお手洗いはそちらです。

陳　：＿＿＿＿＿＿＿＿が、私の席はどこですか。

池内：こちらへどうぞ。

4、もう一度 CD を聴いて、自分の書いた表現と比べてください。

5、ロールプレイ

A：新入社員	B：先輩
今日から営業部で働くことになりました。歓迎会で隣に座った先輩に自己紹介してください。先輩の質問に答えて下さい。	新入社員に自己紹介していろいろ質問してください。例えば、どこで日本語を勉強したか、趣味は何かを聞いてください。そして、話を終えてください。

▶会話－2：新しい担当を取引先に紹介する

 06-3

> 陳 雨 萌：中日商事の新入社員
> 石　　原：中日商事の先輩社員
> 佐藤良夫：東京貿易の社員

1、CD を聴いて、質問に答えてください。

①石原さんと陳さんは、どうして取引先を訪ねましたか。

②「佐藤良夫」は何と読みますか。

2、もう一度 CD を聴いてください。

3、会話を完成してください。

石原：いつもお世話になっております。実は、このたび御社
　　　の担当が替わりましたので、＿＿＿＿＿＿＿＿＿、本
　　　日は後任の者を連れてまいりました。

佐藤：それはそれはご丁寧に。

石原：こちらが私の後任の陳でございます。私同様よろしく
　　　お願いいたします。

陳　：はじめまして。このたび、＿＿＿＿＿＿＿＿＿＿＿
　　　陳と申します。

　　　……（名刺を渡す）……

佐藤：＿＿＿＿＿＿＿＿＿＿。佐藤でございます。

　　　　……（名刺を渡す）……

陳　：頂戴いたします。失礼ですが、お名前は＿＿＿＿＿＿
　　　　　　　　　　＿＿＿＿＿＿＿＿＿でしょうか。

佐藤：「よしなり」と読みます。

陳　：「さとうよしなり」様ですね。今後とも、どうぞよろ
　　　しくお願いいたします。

佐藤：こちらこそ、よろしくお願いします。今回、担当の方
　　　がずいぶん若返りましたね。

石原：ええ、若いですけど、しっかりしておりますので、よ
　　　ろしくご指導のほど、お願いいたします。

陳　：＿＿＿＿＿＿＿＿＿＿＿＿＿＿ので、よろしくお願いいたし
　　　ます。

佐藤：陳さんのお国はどちらですか。

陳　：台湾です。

佐藤：日本語、お上手ですね。

石原：仕事の上でも、＿＿＿＿＿＿＿＿＿＿＿＿＿＿＿。

陳　：いいえ、日本語の細かいニュアンスまでは、なかな
　　　か……

佐藤：いやいや、大したものですよ。これからいろいろ＿＿＿
　　　＿＿＿＿＿＿＿＿＿＿ことになると思いますので、どう
　　　ぞよろしく。

陳　：仕事に慣れないうちはいろいろ＿＿＿＿＿＿＿＿＿こ
　　　ともあるかと思いますが、ご指導のほどよろしくお願
　　　いします。

4、もう一度 CD を聴いて、自分の書いた表現と比べてください。

5、ロールプレイ

A：社員	B：部長	C：取引先
部長と一緒に取引先を訪問します。部長と取引先のCさんは初めて会います。Cさんに部長を紹介し、部長にCさんを紹介してください。	あなたはAさんの上司です。取引先のCさんに初めて会います。あいさつをしてください。（名刺を渡す）	Aさんが上司のBさんと一緒に来ます。Bさんには初めて会います。あいさつをしてください。（名刺を渡す）

▶ ビジネスコラム：名刺交換のマナー

　　名刺はビジネスマンの「顔」です。名刺の受け渡しの機会は非常に多く、それだけに作法もきちんと知っておく必要があります。名刺交換のマナーができているかどうかが第一印象に影響しますから、マナーはしっかり抑えておきましょう。

■ 名刺交換の流れ

①名刺の準備

男性はジャケットの内ポケットに、女性はバッグに名刺入れを入れ、すぐに取り出せるように準備しておきます。

②名刺は訪問者から差し出す

名刺は目下の者から出すのが基本！しかし、上司と一緒に相手と会う場合は、上司の名刺交換が終わるのが先です。もし、目上の人が先に名刺を出してきた場合は、「遅れてしまい、申し訳ございません。」とお詫びしつつ名刺を受け取り、その後自分の名刺を出しましょう。

③交換する

渡す場合には、名刺の名前の面を上にして、相手がそのまま読めるような向きで両手で渡します。文字に指がかからないようにしましょう。また、名刺入れを座布団にして、片手で渡す方法もあります。

④名前の確認

名刺の内容を確認し、相手の名前が読めないときは、その場で確認。

⑤テーブルに並べる

名刺を貰ったらすぐに名刺入れに収めるのではなく、暫くテーブルの上に置いて確認しながら話をするとよいでしょう。複数人の人から名刺を貰った場合は重ねておいてはいけません。目上の人を上に順番にならべるのが基本です。

名刺交換のタブー

× 定期入れや財布、手帳などから名刺を出す

× 角が折れた汚い名刺を差し出す

× いただいた名刺を商談中にもてあそぶ

× いただいた名刺を忘れて帰る

▶練習

1、こんなとき、何と言いますか。①〜⑨に合う表現を選んでください。

① 名刺の内容を確認し、相手の名前が読めないとき

② 相手の言葉が聞き取りにくくて、名前の読み方をもう一度確認するとき、

③ 先方から難読な名前の読み方を教わったら、先方の名刺に読みがなをその場で名刺に書くとき。

④ 名刺を切らしているとき

⑤ 名乗るが遅くなったとき

⑥ お客様に上司を紹介するとき

⑦ 上司にお客様を紹介するとき

a. ご紹介します。こちらが私どもの部長の田中でございます。

b. 申し遅れました。私、東西商事の加藤と申します。
   申し訳ございません。ただ今、名刺を切らしておりまして。
   恐れ入りますが、お名前の読み方をもう一度教えていただけますか?

e. 失礼して、読みがなをお名刺に書かせて頂いてもよろしいでしょうか?

f. 失礼ですが、お名前は何とお読みすればよろしいでしょうか。

g. こちらが東京商事の部長の木村様でいらっしゃいます。

2、次の問題の答えとして正しいものを、A〜Cから一つ選んでください。

① 名刺を相手と同時に交換するときは、自分の名刺はどちらの手で持ちますか？

Ⓐ：右手

Ⓑ：左手

Ⓒ：両手

② 名刺をもらった相手の名前がよく聞き取れなかったら、どうしますか？

Ⓐ：もう一度聞くのは失礼になるので、後で自分で漢字を調べる

Ⓑ：その場は名前を呼ばなくてもすむようにして、後から自分の上司に聞く

Ⓒ：相手にもう一度確認する

③ 取引先の担当者に上司を紹介する場面。適切な紹介の仕方はどれ？

Ⓐ：課長の桜井です

Ⓑ：桜井課長です

Ⓒ：桜井です

④ 次のうち、もっとも役職が高いのはどれ？

Ⓐ：部長

Ⓑ：常務

Ⓒ：専務

3、問題の内容が正しいと思うものには○を、正しくないと思うものを×を入れてください。

① （　　　） 名刺交換の際、相手の名前が聞き取れなかったが聞き返すと失礼にあたるのでそのまま受け取った。

② （　　　） お客様、上司、自分がそれぞれ初対面の場合、まずは上司がお客様に自己紹介をする。

③ （　　　） 名刺は、名前が相手に読める向きで渡す。

④ （　　　） 訪問先に自社の人を紹介するとき、目上であっても呼び捨てにする。

⑤ （　　　） 名刺をつまむように受け取る。また、相手の前で名刺にメモを書いたり、手でもてあそんだりしても構わない。

⑥ （　　　） テーブルの向こうの相手に、手を伸ばして名刺を渡す。

- 名刺を差し出す時は両手で
- 名刺の向きは相手から見て
  正面に
- 指で文字を隠さないこと

第❼課 / 報告・連絡・相談

　仕事をしていくうえで基本となるものが、上司への「報告」「連絡」「相談」です。この「ほうれんそう」がきちんと機能していないと、上司や同僚との意思疎通がうまくいかず、その結果仕事の効率が落ちるなどして、業務上のトラブルに繋がる可能性も出てきます。ここでは、「報告」「連絡」「相談」について、それぞれのポイントをまとめてみました。

報告
報告とは、上司からの指示や命令に対して、部下が経過や結果を知らせること。簡潔で分かりやすい報告をするため、あらかじめ内容をまとめておく。

連絡
連絡とは、簡単な情報を関係者に知らせること。自分の意見や予測などを織り交ぜず、事実をそのまま伝える。

相談
相談とは、個人的に判断に迷ったり解決できない際に、上司や先輩、同僚など関係者に意見を求めること。ある程度は問題点を整理してから相談しよう。

■ 【5W3H を意識してみよう！】

　ホウレンソウと合わせて「5W3H」を意識することで、さらに問題点が明確になり仕事の効率化が実現できるようになります。ぜひとも身につけておきたいものです。

When	いつ	打ち合わせ日、納期
Where	どこで	待ち合わせ場所、会場
Who	だれが	会社の担当者、顧客
What	何を	仕事の内容
Why	なんのために	仕事の目的、理由
How	どのように	仕事の手段、方法
How many	いくつ	人数、個数
How much	いくら	費用

■ 【上司への報告の仕方】

1、タイミングよく報告

　上司に「あれはどうなった？」と聞かれてからでは遅すぎる。指示事項が完了したらただちに報告を。ただし、いま話してよいかどうか、上司の都合を聞いてから話し出す。

2、必要とあれば中間報告

　仕事が長引く場合は中間報告が絶対必要。約束の期限までにできそうにない時も、即刻上司に報告をして、指示を受けること。

３、報告は簡潔に

まず最初に結論を。次に原因、経過の順に述べる。前もって報告事項をまとめる習慣をつけよう。

４、悪いニュースほど早く伝える

仕事でミスした時は素直に間違いを認め、早めに上司に報告をして指示をあおぐこと。仕事が遅れそうな時も同様。期限直前になって「できません」と報告するのでは、相手は対処のしようがない。

「報告」「連絡」「相談」は略して「ホウ・レン・ソウ」と呼ばれています。野菜のほうれん草になぞらえたものです。会社はひとりの力ではなく、みんなが力を出し合って支えられています。チームワークが重要となるため、必要な情報を自分だけが持っているのではなく共有していかなければなりません。

▶確認クイズ

　　報告、連絡、相談をするときの言葉は丁寧な敬語を使います。
こんな時、何と言いますか。①～⑨に合う表現を選んでください。

①結論から報告するとき

②付随する資料を読んでもらいたいとき

③重大な相談があるとき

④時機を失くした相談をするとき

⑤補足するとき

⑥前置きするとき

⑦結果を報告するとき

a. 折り入ってご相談があるのですが。

b. 調査によると、原因は特定できないとのことです。

c. 言い忘れるところでしたが。

d. もっと早くご相談するべきだったのですが。

e. 詳しいことは、このレポートにまとめておきました。まず、
　　ご一読ください。

f. ご承知のことと思いますが。

g. 結論から先に申しますと。

▶ 談話　🎧 07-1

CD を聞いて、＿＿＿＿＿＿＿＿＿＿＿を埋めなさい。

1、報告

Ⓐ：部長、＿＿＿＿＿＿＿＿＿＿申し訳ございません。

Ⓑ：何でしょうか。

Ⓐ：新商品の件で報告があるのですが、＿＿＿＿＿＿＿
　　＿＿＿＿か。

Ⓑ：はい、いいですよ。早速状況を報告してください。

Ⓐ：はい、こちらに＿＿＿＿＿＿＿＿ができあがっておりま
　　す。まず、＿＿＿＿＿＿＿＿＿＿＿。

Ⓑ：先月比5％アップですね。これについてどのように考え
　　ているんですか。

2、連絡―遅刻

Ⓐ：おはようございます。東京貿易です。

Ⓑ：おはようございます。吉田です。

Ⓐ：あっ吉田さん、＿＿＿＿＿＿＿＿＿＿＿＿。

Ⓑ：実は＿＿＿＿＿＿＿＿＿＿＿出勤が遅れそうなので、ご
　　連絡しました。

Ⓐ：そうですか。わかりました。では部長に＿＿＿＿＿＿
　　＿＿＿＿。

Ⓑ：はい、お願いします。

3、連絡—業務

Ⓐ：業務に関する会議の連絡はだいたいメールですが、文書でくることもありますか。

Ⓑ：大事な会議の場合は、＿＿＿＿＿＿＿＿＿＿が送られていますよ。でも、そのうちメールに一本化されるそうですが。

Ⓐ：そうしたら、文書はなくなり、＿＿＿＿＿＿＿＿＿に向かっていくんですね。

Ⓑ：そうですね。それは企業の業務の効率化や＿＿＿＿＿＿＿＿にもつながります。

4、相談

Ⓐ：先輩、＿＿＿＿＿＿＿＿に申しわけございません。10分ほど、お時間いただけないでしょうか。

Ⓑ：はい、何ですか。

Ⓐ：ただ今、お客様から電子メールで＿＿＿＿＿＿＿＿＿＿が寄せられまして、＿＿＿＿＿＿＿＿＿＿＿と思いまして。

Ⓑ：ちょっと見せてください。

Ⓐ：＿＿＿＿＿＿＿＿＿＿＿、こちらが参考資料です。

Ⓑ：これはいけませんね。直ちに部長に報告したほうがいいですよ。

▶会話－1：休暇の許可願い  07-2

> 池内：中日商事の社員
> 石原：中日商事の社員

1、CD を聴いて、質問に答えてください。
　①池内さんはどんな許可を求めましたか。
　②許可されましたか。
2、もう一度 CD を聴いてください。
3、会話を完成してください。

　石原：はい、中日商事営業部でございます。

　池内：おはようございます。池内です。

　石原：池内さん、おはようございます。

　池内：実は昨夜から気分が悪くて、熱もあるんです。それで、
　　　　今日は　　　　　　　　　　　　　んですが。

　石原：それは大変ですね。病院には行きましたか。

　池内：はい、さっき薬を飲んだので、　　　　　　　　　　　
　　　　　　　　と思います。

　石原：池内さんは毎日がんばっていたから、　　　　　　　　
　　　　のかもしれませんね。分かりました。部長にそう伝
　　　　えておきますので、今日はゆっくり休んでください。

　池内：ありがとうございます。それから、私の机の上に昨日
　　　　作成した東京貿易宛ての販売企画書が置いてあります

が、本日中に＿＿＿＿＿＿＿＿＿になっています。

それで申し訳ないのですが。

石原：わかりました。販売企画書は今日中に届けるようにし

ておきますから、仕事のことは心配しないで。

池内：ご迷惑をおかけして申し訳ございません。それでは、

お願いします。

石原：＿＿＿＿＿＿＿＿＿。

……（翌日）……

池内：石原さん、昨日休んでしまって、申し訳ございません。

石原：池内さん、もう大丈夫ですか。

池内：おかげさまで、＿＿＿＿＿＿＿＿＿。

石原：今年のインフルエンザはひどいそうですね。

池内：そうですね。急に高い熱が出まして、＿＿＿＿＿＿

＿＿＿。

石原：くれぐれも＿＿＿＿＿＿＿＿＿ね。

4、もう一度 CD を聴いて、自分の書いた表現と比べてください。

5、ロールプレイ

A：部下	B：部長
今週の火曜日、3時に早退したいと思っています。早退の理由は自分で考えて、部長に許可を求めてください。	部下に早退の許可を求められます。理由を聞いて、許可するかどうか決め、返事をしてください。

▶会話－2：指示、催促、報告 07-3

> 藤田：中日商事の営業部部長
> 石原：中日商事の社員

1、CDを聴いて、質問に答えてください。

①二人は何について話していますか。

②石原さんは新商品のアンケート調査の結果についてどのような意見を持っていますか。

2、もう一度CDを聴いてください。

3、会話を完成してください。

藤田：今、ちょっとよろしいでしょうか。

石原：はい、いいですよ。

藤田：今度の新商品のアンケート調査をお願いしたいと思っているんですが、いかがですか。

石原：はい、＿＿＿＿＿＿＿＿＿＿ができれば、幸いです。

藤田：では、よろしく頼みますね。

石原：かしこまりました。

　　　……（後日）……

藤田：石原さん、あれ、どうなりましたか。

石原：あれって、何でしょうか。

藤田：今度の新商品のアンケート調査の件ですよ。

石原：＿＿＿＿＿＿＿＿＿＿申し訳ございません。大筋ではまと
まってはいるのですが、もう少しお時間をいただけな
いでしょうか。

藤田：それでは、＿＿＿＿＿＿＿＿＿＿＿＿＿ですから、今日中
に提出してくれませんか。

石原：実は今、明日の会議用の資料を作っているところなん
です。まだかかりそうなんですが、どちらを優先すれ
ばよろしいでしょうか。

藤田：そうですか。じゃ、明後日までに＿＿＿＿＿＿＿＿＿＿
＿＿＿＿。

石原：はい、かしこまりました。＿＿＿＿＿＿＿＿＿＿＿＿＿、
すぐご報告いたします。

……（明後日）……

石原：お仕事中に申し訳ありません、今お時間よろしいでし
ょうか。

藤田：はい、何ですか。

石原：今度の新商品のアンケート調査についてご報告にあが
りました。

藤田：早速、状況を報告してください。

石原：はい。詳しいことは、こちらのアンケート調査の報告
書にまとめておきました。まず、ご一読ください。

藤田：＿＿＿＿＿＿＿＿＿、あまり状況はよくないですね。

石原：はい、正確な数字は ＿＿＿＿＿＿＿＿＿＿＿＿ が、消費者への浸透度は、未だ 20% にも達していません。

藤田：石原さんは、この結果について ＿＿＿＿＿＿＿＿＿＿

＿＿＿＿＿＿。

石原：消費者の購買促進を図るために割引の特典を導入する必要があるのではないかと思います。

藤田：基本的にはよさそうな意見ですが、チームとのすり合わせはできていますか。

石原：いまのところはまだです。＿＿＿＿＿＿＿＿＿＿＿、この件についての会議を持ちたいと思っているんですが。

藤田：それでは、この案で明日の会議にかけてみてください。

4、もう一度 CD を聴いて、自分の書いた表現と比べてください。

5、ロールプレイ

A：部下	B：部長
部長に水曜日までにやるように言われていた企画書の作成ができそうにありません。部長に期限の延期を頼んでください。	部下に水曜日までに企画書を作成するように言ってありますが、その件で部下から話があります。内容を聞いて、どうするか決めてください。

▶ ビジネスコラム①：相づち

　日本人との会話で大切なのは「相づち」で、会話の潤滑油と言えるでしょう。会話の相いづちは、「私はあなたの話をちゃんと聞いていますよ」と相手に伝えるものです。相手の話すリズムを崩さずにタイミングよく相いづちを挟むことが大事です。話すときって、人はそれぞれその人なりのリズムを持って話をしています。そのリズムを乱さずに話し手の呼吸にあわせるように、言葉と言葉のちょっとした合間に相いづちを挟むのがコツです。

同意	<ul><li>なるほど</li><li>おもしろいですね</li><li>そうですね</li><li>ご指摘のとおりです</li><li>そのとおりでございます</li><li>おっしゃるとおりでございます</li></ul>
驚き	<ul><li>えっ、本当ですか</li><li>すごいですね</li><li>びっくりしました</li><li>それは驚きですね</li></ul>
展開	<ul><li>そうでしたか</li><li>それでどうなりましたか</li><li>と、おっしゃると</li><li>そんなことがありましたか</li><li>それは〇〇ということですか</li></ul>

疑問	• それはどうしてですか • ということは？ • なぜでしょうか • 何か原因なのですか • そういうものなのですか
いたわり	• それはひどいですね • それは、それは…… • 大変でしたね
転換	• そういえば • ところで • いまの話で思い出したのですが

▶ビジネスコラム②：クッション言葉

　　クッション言葉とは、相手に何かをお願いをしたり、お断りを
したり、異論を唱える場合などに、言葉の前に添えて使用する言葉
です。上手く活用する事で直接的な表現を避けられ、丁寧で優しい
印象を相手に与える効果があります。否定的な言葉など言いにくい
内容でも、相手に失礼にならずに伝える事が出来るので知っておく
と大変役に立ちます。ただし、クッション言葉を多用するとわざと
らしかったり、まわりくどい印象に取られる場合があるかもしれま
せん。適切な状況の中、程よいバランスで使用すると言葉の誠意が
伝わるでしょう。

主なクッション言葉	使用例
恐れ入りますが	恐れ入りますが、少しお電話が遠いようです
申し訳ございませんが	申し訳ごいませんが、少々お待ちいただけますか
お手数ですが	お手数ですが、資料をお送りいただけますでしょうか
あいにくですが	あいにくですが、田中は席を外しております
恐縮ですが	恐縮ですが、もう一度確認させていただけますか

▶練習

1、問題の内容が正しいと思うものには○を、正しくないと思うものを×を入れてください。

① （　　　） マメで的確な報告・連絡は、仕事のみならず人間関係にも重要な役割を果たす。

② （　　　） 報告・連絡は相手から催促されてからするものである。

③ （　　　） 報告は仕事の指示をした上司や先輩などに仕事の進捗状況などを直接伝えるものであるのに対し、連絡は複数の関係者全てに情報を知らせるという違いがある。

④ （　　　） 少し行き詰まるたびに、自分で考えずに即座に上司や先輩に相談する。

⑤ （　　　） 報告のコツは、何事も早めに報告をすることです。

⑥ （　　　） 報告の内容は私的な考え方や意見を優先させ、事実は控えるか、後で言うように心がけてください。

⑦ （　　　） 相手が話しているときは、適度に「相づち」を打つ。

⑧ （　　　） あごをあげて相手を見る

⑨ （　　　） にやにやしながら話す

⑩ （　　　） 相手の表情や目を見て聞いている

⑪ （　　　） 「はいはいはい」などと連続して相づちを打つ

⑫ （　　　） 口をずっと半開きにして相手の話を聞く

2、次の問題の答えとして正しいものを、A〜Cから一つ選んでください。

① 仕事でトラブル発生！すぐに上司に報告したいけれど、上司は接客中。さて、どうする？

　Ⓐ：接客中の上司に、その場で口頭で伝える

　Ⓑ：接客中の上司にメモを渡す

　Ⓒ：接客が終わるまで待つ

② 上司の話を聞くときの態度で適切なのはどれ？

　Ⓐ：上司が話している間は黙って聞く

　Ⓑ：上司の目をずっと見ながら聞く

　Ⓒ：上司の斜め前に立って話を聞く

③ 報告の仕方で正しいのはどれ？

　Ⓐ：結論から話す

　Ⓑ：最初から全部、順番に話す

　Ⓒ：悪い内容は話さない

④ 連絡が必要でないことはどれ？

　Ⓐ：遅刻する

　Ⓑ：直帰する

　Ⓒ：頭痛がする

3、感じのよい聞き方をチェック！「報告」「連絡」「相談」場面
を想像し、次の項目にチェックをつけましょう。

□　相手とアイコンタクトをとる

□　穏やかな表情で聞く

□　基本的に「肯定的な姿勢」で聞く

□　必要ならメモをとる

□　相づちを打つ

□　ときどき内容を繰り返し、確認する

□　反論があっても最後まで聞く

第❽課 / 電話を受ける（取次ぎ）

　電話はコミュニケーションに欠かせない基礎的なツールです。特にビジネスでの電話は、あなたの電話の受け方ひとつで会社の印象が左右されます。顔の見えないやりとりだからこそ、電話の受け方は非常に重要です。基本パターンをマスターして、臨機応変に対応できるようがんばりましょう。

▶電話を受けるときの言葉

ベルは3回以内に	ベルは3回以内で出るのが原則です。それ以上鳴ったときは、「お待たせいたしました」とお詫びの言葉を最初に述べます。
受話器を取ったとき	「もしもし」とは言わないこと。午前11時ごろまでは「おはようございます。○○会社△△部です」、それ以降は「はい、○○会社△△部です」。
お得意様、出入業者などの場合	日ごろから関係の深い相手の場合は、必ず「いつもお世話になっております」とあいさつします。
呼び出す人の名を告げられたら	「池内でございますね。少々お待ちください」と告げて、電話機の保留ボタンを押してから取り次ぎます。

自分の名を告げられたら	「はい、わたくしでございます」と告げます。
切る前にあいさつ	いきなり切るのは失礼。「お電話ありがとうございました」「失礼いたします」などと、あいさつしましょう。

▶確認クイズ

　こんなとき、何と言いますか。①〜⑩に合う表現を選んでください。

① ベルが何回も鳴ってから電話に出たとき
② 電話を終わるとき
③ 他の人から回ってきた電話を受け取ったとき
④ 相手の声がよく聞き取れないとき
⑤ 電話で相手が名乗ったら、こちらからも相手の名前を言うようにして確認するとき
⑥ 相手を長く待たせるとき
⑦ 伝言の途中で担当者が戻ってきたとき
⑧ 名指し人に電話を取り次ぐとき
⑨ 他部署宛の電話を受けたとき
⑩ 間違い電話を受けたとき

a. ○○様でいらっしゃいますね。
b. このましばらくお待ちいただけますか。
c. 大変お待たせいたしました。
d. 恐れ入りますが、お電話が少し遠いようなのですが。
e. では、失礼します。
f. お電話代わりました。
g. 課が違うようですので、改めて人事課の方にお回しいたします。

h. 申し訳ございません。ただ今担当者が戻りましたので代わります。少々お待ちください。
i. 佐藤様ですね。ただ今本人に代わりますので、少々お待ちください。
j. 失礼ですが、どちらにおかけですか。

▶ 談話　🎧 08-1

CD を聞いて、＿＿＿＿＿＿＿＿＿を埋めなさい。

1、電話を取り次ぐ

Ⓐ：はい、東京貿易でございます。

Ⓑ：＿＿＿＿＿＿＿＿＿＿。私、中日商事の池内と申します。

Ⓐ：＿＿＿＿＿＿＿＿＿＿。中日商事の池内様でいらっしゃいますね。

Ⓑ：お世話になっております。鈴木部長はいらっしゃいますか。

Ⓐ：鈴木でございますね。＿＿＿＿＿＿＿ので少々お待ちください。

2、間違い電話を受ける

Ⓐ：こちらは東京貿易になりますが……

Ⓑ：そうですか。＿＿＿＿＿＿＿電話番号が「03-1234-5678」なんですが、そちらは＿＿＿＿＿＿＿＿＿でしょうか。

Ⓐ：番号はその通りですが、＿＿＿＿＿＿＿＿＿です。

Ⓑ：そうですか。間違ったみたいです。すみませんでした。

Ⓐ：いいえ、では失礼いたします。

3、取次ぐ相手を確認する

Ⓐ：お電話ありがとうございます。東京貿易でございます。

Ⓑ：中日商事の池内と申しますが、吉田様を＿＿＿＿＿＿＿。

Ⓐ：吉田は＿＿＿＿＿＿＿＿＿が。

Ⓑ：女性の方なんですけど。

Ⓐ：わかりました。＿＿＿＿＿＿＿＿＿＿。

▶会話：電話の取次ぎ  08-2

吉田：東京貿易の社員

佐藤：東京貿易の社員

石原：中日商事の社員

1、CDを聴いて、質問に答えてください。

①石原さんの声がよく聞き取れない理由は何ですか。

②石原さんと佐藤さんとの約束はいつですか。

2、もう一度CDを聴いてください。

3、会話を完成してください。

吉田：はい、東京貿易でございます。

石原：私は中日商事の石原と申します。恐れ入りますが、佐藤様はいらっしゃいますか。（声が小さい）

吉田：恐れ入りますが。＿＿＿＿＿＿＿＿＿＿＿＿＿＿ので、もう一度お願いします。

石原：申し訳ございませんが、ただ今＿＿＿＿＿＿＿におりますので、5分後に＿＿＿＿＿＿＿お電話してもよろしいですか。

吉田：はい。失礼します。

……（数分後）……

石原：申し訳ございませんが、私、＿＿＿＿＿＿＿＿＿＿＿
　　　石原と申します。

吉田：中日商事の石原様でいらっしゃいますね。いつもお世
　　　話になっております。

石原：こちらこそ、お世話になっております。恐れ入りますが、
　　　佐藤様はいらっしゃいますか。

吉田：はい、ただ今、＿＿＿＿＿＿＿＿＿＿＿＿＿ので、少々お
　　　待ちください。

　　　……（保留ボタンを押して取り次ぐ）……

吉田：佐藤さん、中日商事の石原様から、3番に＿＿＿＿＿
　　　＿＿＿＿。

佐藤：はい。

　　　……（取り次ぐ）……

佐藤：＿＿＿＿＿＿＿＿＿＿＿＿。佐藤でございます。

石原：お忙しいところを申し訳ございません。中日商事の石
　　　原と申します。

佐藤：石原さん、いつもお世話になっております。

石原：こちらこそ、お世話になっております。実は、当社の
　　　新商品の件でお電話したのですが、近日中に＿＿＿＿
　　　＿＿＿＿＿＿＿＿＿＿と思いまして……

佐藤：そうですね。明日は約束が入っておりまして、ちょっ
　　　と無理ですね。明後日の朝9時半頃なら時間が取れそ
　　　うですが。

石原：かしこまりました。それでは、明後日の金曜日の朝9
　　　時半でよろしいでしょうか。

佐藤：＿＿＿＿＿＿＿＿＿＿＿＿＿＿よ。

石原：それでは、明後日お伺いします。

佐藤：では、＿＿＿＿＿＿＿＿＿＿＿＿＿＿＿。

石原：ありがとうございます。では、失礼します。

4、もう一度 CD を聴いて、自分の書いた表現と比べてください。

5、ロールプレイ

Ａ：Ｘ社社員	Ｂ：Ｙ社社員	Ｃ：Ｘ社課長
Ｙ社のＢさんから電話があるので、応対してください。課長に電話を取り次いでください。	Ｘ社の課長に用事があります。Ｘ社に電話をかけて、課長を呼んでもらってください。	電話に出て、対応してください。

■ 名指しされた人が不在のとき

離席中	「ただいま、席を外しております。○分後には戻ると思いますが」
電話中	「恐れ入りますが、ただいまほかの電話に出ております。終わりましたら、こちらからお電話差し上げるように伝えましょうか。

外出中	「△△は、あいにく外出しております。○時ごろには帰る予定です」、続けて、「伝言を承りましょうか」または「帰りましたら、こちらからお電話差し上げるよう伝えましょうか」
会議中	「△△は、あいにく会議中です。あと○分ほどで終わる予定ですが、お急ぎでしょうか」、と至急の連絡なのかを確認します。
面会中	「申し訳ございません。ただいま接客中です。いかがいたしましょうか」、とお伺いを立てます。
欠勤中	「本日はお休みいたしております。明日は出社する予定です」と、いつ出社する予定なのかを伝えます。

▶ビジネスコラム：携帯電話

　ビジネス電話のやり取りは、オフィス内にある固定電話だけとは限りません。携帯電話という存在はもはや切っても切り離せないものになってきています。特に営業マンなど会社外で業務を行う時間が長い人にとって携帯電話という存在はビジネスにおいて不可欠なツールといえるでしょう。しかし、携帯電話は便利な反面、マナー違反やビジネス上の不都合を生じさせる場合があります。そんな事にならないように、ビジネスにおける携帯電話のマナーをしっかり押さえておきましょう。

携帯電話の使い方の注意点

1、携帯電話は緊急時のみ。やむを得ず携帯電話にかける場合は、相手の都合をまず確認する。

2、ミーティングの際は電源オフに。やむを得ない場合は「マナーモード」や「サイレントモード」にする。

3、社内・取引先での不用意な携帯カメラの利用はあらぬ疑いをかけられる恐れがある。

4、外出先での電話は、周囲に人がいないことを確認した上でできるだけ小さな声で話すようにする。

5、電波状況が悪い環境では、公衆電話の利用がおすすめ。

▶練習

1、問題の内容が正しいと思うものには○を、正しくないと思うものを×を入れてください。

① （　　　　）電話を取り次ぐとき、短い間なら、保留ボタンを押さなくてもよい。

② （　　　　）携帯電話を時計代わりにするのはダメ。

③ （　　　　）ビジネスの用件は固定電話で話すのが常識。

④ （　　　　）クレーム電話がきたら、言い分を聞いたあとでしっかりと反論をする。

⑤ （　　　　）取次ぎに時間がかかりそうなときでも、そのまま保留ボタンでおいておく。

⑥ （　　　　）電話は5コール以内に出るのが理想。

2、次の問題の答えとして正しいものを、A～Cから一つ選んでください。

① 「すぐに担当者に換わる」と言いたいときの適当な言い方？

　Ⓐ：「ただ今、お回しいたします」

　Ⓑ：「ただ今、おつなぎいたします」

　Ⓒ：「ただ今、お換わりいたします」

② 電話がかかってきたら、どうすればいいでしょう？

　Ⓐ：日本語に自信がないので、ほかの人が出るのを待つ

　Ⓑ：間違い電話がかかってきたら、間違いである旨を伝えてすぐに切る。

C：面談中は携帯電話のディスプレイはのぞかない。

③　電話応対で、おかしいのはどれでしょうか。

A：名前などが聞き取れなくても、失礼になるので聞き返しではいけない。

B：15 分以上かかりそうなことは電話ではなく、面談のほうがよい。

C：ビジネス電話をかけるとき、途中で切れるおそれのある携帯は避ける。

④　相手が電話の理由を言わなかったときに、こちらが言う言葉。

A：「どのようなご用件でしょうか」

B：「何の用ですか」

C：「今日はどうされましたか」

3、ビジネス会話の丁寧語に直しましょう。

①　いつもどうも　　　　　（　　　　　　　　　　　　　　）

②　ちょっと待ってください（　　　　　　　　　　　　　　）

③　いま、行きます　　　　（　　　　　　　　　　　　　　）

④　あとで行きます　　　　（　　　　　　　　　　　　　　）

⑤　話を聞きます　　　　　（　　　　　　　　　　　　　　）

⑥　話しておきます　　　　（　　　　　　　　　　　　　　）

⑦　いません　　　　　　　（　　　　　　　　　　　　　　）

⑧　どなたですか　　　　　（　　　　　　　　　　　　　　）

⑨　繰り返します　　　　　（　　　　　　　　　　　　　　）

第❾課 / 電話をかける（伝言）

電話は要領よくかけることが大切です。電話をかける際は、相手に対して自分のことを認識してもらうのが重要になります。電話で話したい相手がすぐに電話に出てくれるとは限りません。そのため、まず電話に出てくれた相手に対して自分が誰なのかを名乗るのがマナーです。様々な状況や内容の電話でも相手を不快にさせずにしっかりと対応できるように、基本的な電話応対スキルを身に付けておきましょう。

▶ 電話のかけ方の基本

かける前に用件を簡潔にまとめておく	電話での用件は、原則として一通話３分以内にすませるべきである。したがって、用件は無駄のないよう事前に整理しておく必要がある。
社名と姓を名乗り、挨拶する	相手が電話に出て名乗ったら、「○○社の○○と申します。いつもお世話になっております」と挨拶します。
担当者に取り次いでもらう	挨拶を交わしたら、「恐れ入りますが、○○部の○○様はいらっしゃいますでしょうか」と取り次いでほしい相手の姓を告げます。

担当者が電話に出たら、もう一度挨拶する	相手が出たら、「○○部長様でいらっしゃいますか」と確認します。次にもう一度自分の社名と姓を告げ、挨拶を述べます。
相手の都合を聞く	用件に入るときは、「いま、お時間よろしいでしょうか」と相手の都合を伺います。
用件を切り出す	「どうぞ」といわれたら「○○の件ですが」と前置きしてから本題に入ります。
最後に丁寧に御礼の言葉を述べる	用件が終わったら、それぞれの場合に対して、「ありがとうございました。」「どうぞよろしく御願いします。」「どうも失礼致しました。」などと挨拶して、静かに受話器を置きます。

▶確認クイズ

　　こんな時、何と言いますか。①〜⑧に合う表現を選んでください。
① お得意先に電話するときの挨拶
② 相手が忙しそうな時間に電話をして、相手の都合を聞くとき
③ はっきり聞き取れなかったとき
④ 聞き返しても名前が聞き取れなかったとき
⑤ 時間をおいて、もう一度電話するとき
⑥ 伝言を頼みたいとき
⑦ 話が長くなるとわかっているとき
⑧ 長電話の後で
⑨ 時間をおいて、もう一度電話するとき

a. 話が長くなりそうなのですが、よろしいでしょうか。
b. 恐れ入りますが。伝言をお願いできますか。
c. ただ今、お時間はよろしいでしょうか。
d. いつもお世話になっております。
e. 長々と話してしまいまして、申し訳ございません。
f. では、後ほどお電話差し上げます。
g. 恐れ入りますが、もう一度お願いできますか。
h. ○○様でよろしいでしょうか。
i. では、後ほどお電話差し上げます。

■ 電話をかけるときのマナー

電話をかける前に
用件を整理

通話時間は 3 分が目安

相手の都合を考
えた時間帯に

CD を聞いて、＿＿＿＿＿＿＿＿＿を埋めなさい。

1、かけ直す

Ⓐ：恐れ入りますが、鈴木はただ今＿＿＿＿＿＿＿＿＿＿＿。

Ⓑ：お帰りは何時頃のご予定ですか。

Ⓐ：５時には戻る予定です。

Ⓑ：では、＿＿＿＿＿＿＿＿＿お電話させていただきます。

Ⓐ：＿＿＿＿＿＿＿＿＿＿＿が、よろしくお願いします。

2、相手から電話をもらう

Ⓐ：申し訳ございませんが、石原はただ今＿＿＿＿＿＿＿
　　＿＿＿。

Ⓑ：では、＿＿＿＿＿＿＿＿＿いただきたいんですが。

Ⓐ：かしこまりました。お電話を差し上げるよう確かに＿＿
　　＿＿＿＿＿。

Ⓑ：では、よろしくお願いいたします。

Ⓐ：池内が＿＿＿＿＿＿＿。失礼いたします。

3、伝言を依頼する

Ⓐ：申し訳ございませんが、部長の藤田は本日お休みいたし
　　ております。明日は出社する予定です。よろしければ＿
　　＿＿＿＿＿＿＿が。

Ⓑ：そうですか。実は明日御社にお伺いするお約束でしたが、
　　用事が入ってしまい、お伺いできなくなりました。詳し

いことは＿＿＿＿＿＿＿＿＿ので、＿＿＿＿＿、そのこ
とだけ藤田部長にお伝えいただけますか。

Ⓐ：かしこまりました。明日弊社に＿＿＿＿＿＿＿＿でし
たが、いらっしゃることができなくなったとのこと、藤
田に申し伝えます。

Ⓑ：よろしくお願いいたします。

▶ 会話：伝言を受ける 09-2

> 大野：東京貿易の社員
> 鈴木：東京貿易の開発部部長
> 石原：中日商事の社員

1、CD を聴いて、質問に答えてください。

聞いた内容をビジネスコラムの伝言メモに記入してください。

2、もう一度 CD を聴いてください。

3、会話を完成してください。

大野：＿＿＿＿＿＿＿＿＿＿＿＿＿＿＿。東京貿易でございます。

石原：お忙しいところを恐れ入りますが、鈴木部長をお願い
　　　します。

大野：鈴木でございますか。申し訳ございませんが、鈴木は
　　　＿＿＿＿＿＿＿＿＿外出しております。失礼ですが、＿＿＿＿
　　　＿＿＿＿＿＿。

石原：＿＿＿＿＿＿＿＿＿＿。私、中日商事の石原と申します。

大野：中日商事の石原様でいらっしゃいますね。＿＿＿＿＿＿＿
　　　＿＿＿＿＿か。

石原：そうですね。失礼ですが、何時頃会社にお帰りになり
　　　ますでしょうか。

大野：本日は、＿＿＿＿＿＿＿＿＿＿になっておりますが、よろしければご用件をお伺いいたしましょうか。

石原：それでは、お願いできますか。

大野：はい、どうぞ。

石原：見積もりのファックスをお送りしますので、ご覧になったらお電話がほしいとお伝えいただけますでしょうか。

大野：はい、＿＿＿＿＿＿＿＿＿＿。それでは、＿＿＿＿＿＿＿＿＿＿＿＿＿。お送りいただいたファックスを拝見したら、お電話を差し上げるようにということでよろしいでしょうか。

石原：はい。

大野：では、鈴木が戻りましたら、申し伝えます。＿＿＿＿＿＿、そちらのお電話番号を教えていただけますか。

石原：03 － 1586 － 1805 です。

大野：03 － 1586 － 1805 でございますね。

石原：はい、そうです。

大野：では、＿＿＿＿＿＿＿＿＿＿＿＿＿＿。私、大野と申します。

石原：では、よろしくお伝えください。

大野：はい、かしこまりました。

石原：では、失礼いたします。

4、もう一度CDを聴いて、自分の書いた表現と比べてください。

5、ロールプレイ

A：X社社員	B：Y社社員
Y社のBさんから電話があるので、応対してください。今、課長は不在です。不在の理由は自分で考え、Bさんの伝言を聞いてください。	X社の課長に用事があります。X社に電話をかけて、課長を呼んでもらってください。用事は自分で考えて、伝言を頼んでください。

▶ビジネスコラム

　　電話応対で問題が起こるのは、せっかくかけてもらったのに、用件が本人に伝わらなかったり、伝わっても内容が違っていたりすることです。そういうミスを防ぐために、メモには用件を正確にわかりやすく書き、電話を受けた時刻や受信者の名前を入れておくようにします。

伝言メモ

① ＿＿＿＿＿＿＿＿＿＿＿＿＿＿ 様へ

　　　　　　　　　② ＿＿＿＿＿＿＿＿＿＿＿＿ 様より

③

□電話がありました

□お電話をいただきたい（TEL：＿＿＿＿＿ ④ ＿＿＿＿＿）

□もう一度電話します

□伝言があります

~ MESSAGE ~

⑤

⑥月　　　　日（　　）午前・午後　　　時　　　分

　　　　　　　　　　　　⑦ ＿＿＿＿＿＿＿＿＿＿ 受

■ 伝言メモの例とポイント

① 誰あてのメモなのかを必ず明記

② 相手の会社名と名前

③ 先方の意向

④ 折り返し電話を頼まれたときは先方の電話番号を聞きメモして
　おく

⑤ 伝言の内容や補足があれば記入。相手の状況をより正確に伝え
　るために、「急いでいるようでした」といった主観を添えても
　OK。

⑥ 電話があった日時

⑦ 電話を受けた自分の名前

▶練習

1、問題の内容が正しいと思うものには○を、正しくないと思うも
のを×を入れてください。

① （　　　） 電話を受けたとき、先方から聞いた用件は復唱する。

② （　　　） 外出している社員に電話の伝言メモを伝えたあとも、
そのメモは残しておく。

③ （　　　） 外出先の社員に伝言メモの内容を伝えたら、そのメモ
は捨ててもよい。

④ （　　　） 伝言メモは、邪魔にならないように机の端のほうに置
く。

⑤ （　　　） 電話の近くにはメモを置いておく。

2、次の問題の答えとして正しいものを、A～Cから一つ選んでく
ださい。

① 取引先から課長に電話がかかってきました。課長はいません。
何と言いますか？

Ⓐ：「課長さんは今、いません」

Ⓑ：「課長はご不在です」

Ⓒ：「課長はただ今、席を外しております」

② 「折り返し」の意味

Ⓐ：返事をすぐする様子

Ⓑ：目的地から急いで引き返す様子

Ⓒ：書類を何度も確認する様子

③　「念のため」の意味

　　Ⓐ：わかってはいるが、より確実にすること

　　Ⓑ：念じている気持ち

　　Ⓒ：忘れたのでもう一度聞く

④　電話をしてきた取引先の人が緊急の用事があるので、上司の携帯電話を教えてほしいと言ってきた。適切な応対はどれ？

　　Ⓐ：すぐに上司の電話番号を教える

　　Ⓑ：こちらから連絡する旨を伝え、いったん切ってすぐに上司の携帯に連絡する

　　Ⓒ：「申し訳ございません。携帯番号をお伝えいたしかねます」と断る

3、_____に①〜⑥から適切な語句を選んで、以下の会話を完成させてください。

　　Ⓐ：田中は_____外出しております。お急ぎのご用件でしょうか。

　　Ⓑ：はい、_____今日中にお話ししておきたいことがあるのですが。

　　Ⓐ：4時頃戻りますので、その頃こちらからお電話差し上げて_____。

　　Ⓑ：その頃は会議なんですよ。終ってから電話を差し上げると、6時半位になるのですが。その時間、田中さんは__
_____。

Ⓐ：はっきりいたしませんが、田中が帰社いたしましたら、

　　ご連絡の方法をどなたかに＿＿＿＿＿＿＿＿ということで

　　はいかがでしょうか。

Ⓑ：それでは、うちの鈴木に伝言をお願いします。

Ⓐ：＿＿＿＿＿＿＿＿＿＿＿＿＿。

① かしこまりました　　② よろしいでしょうか

③ あいにく　　　　　　④ ご伝言させていただく

⑤ ぜひとも　　　　　　⑥ いらっしゃいますか

第❿課 / アポイントメント

アポイントメントとは約束の意味です。営業活動などには欠かせない面談の機会を得るための重要な方法です。アポイントメントを取る際は、相手の都合を優先するのが原則です。相手の都合も聞かずに訪問するのは迷惑になりかねませんし、不在であれば時間を無駄にする事にもなります。

▶アポイントメントの流れ

①あいさつをして名乗る
相手が忙しい時期や時間帯を避け、遅くとも3日前、できれば余裕を持って1週間前に連絡を入れる。名前ははっきりと名乗り、担当者に取り次いでもらう。

②担当者に「用件」と「所要時間」をはっきり伝える
「○○の件で○時間ほどお時間をいただけますでしょうか」と言うことで、相手もスケジュールを立てやすくなる。

③相手の都合を聞く
「いつがご都合よろしいでしょうか」などと、相手の都合を優先する。相手からOKをもらったら、その場でタイミングよく「ありがとうございます」一言添える。

④確認

訪問日時が決まったら、復唱して確認。最後に「お忙しいところお時間をいただき、ありがとうございました」と、感謝の言葉を一言添える。

▶確認クイズ

　　アポイントメントを取るときの言葉は丁寧な敬語を使います。こんな時、何と言いますか。①〜⑨に合う表現を選んでください。

① 先方に電話をかけて主旨を告げ、時間を取ってもらうとき

② 自分の都合が悪い日を指定されたとき

③ 日時が決まった後、確認をするとき

④ 他の候補日を挙げてほしいとお願いするとき

⑤ 日時に希望がある場合は相手を尊重しながら、やんわりと申し出るとき

⑥ 約束をした後で変更せざるをえない状況が生じたとき

⑦ 時間変更を了承してもらったとき

a. 申し訳ございません。13日の午後3時のお約束ですが、4時に変更していただけませんでしょうか。

b. ありがとうございます。こちらの都合で勝手を申しまして、申し訳ございませんでした。

c. 一度ご挨拶に伺いたいのですが、今週のご都合はいかがでしょうか

d. 申し訳ございません。あいにくその日ははずせない用事がございまして。

e. それでは13日の午後4時に伺わせていただきます。よろしくお願いいたします。

f. できましたら、ほかの日にお願いできませんでしょうか。

g. 3月1日か2日だと大変ありがたいのですが、いかがで
しょうか。

アポなしでも OK の場合とは？

訪問する際は事前にアポイントを取るのが基本ですが、アポ
なしでも許されるケースもあります。以下の場合は、事前の
連絡なしで訪問しても、とくに失礼にはあたりません。

- 届け物など相手が不在でも済む用事
- 年末年始、退職、転職などのあいさつ
- ちょっとした顔見せのあいさつ

アポイントなしで訪問した場合は、まず「突然おうかがいし
て申し訳ありません」と断るのを忘れないようにしましょう。
また、突然の訪問のですので、用件は手短にします。相手が
不在の場合もありますので、そのときは応対してくれた人に
名刺を渡して来訪したことや、用件を伝えてもらうようにお
願いします。

▶ 談話　🎧 10-1

CD を聞いて、＿＿＿＿＿＿＿＿＿＿＿を埋めなさい。

１、アポイントメントを取る

Ⓐ：いつもお世話になっております。＿＿＿＿＿＿、来週の
展示会の件で打合せをさせていただきたいのですが、お
時間をとっていただけませんか。

Ⓑ：そうですか。では、明後日の午前はいかがでしょうか。

Ⓐ：はい、＿＿＿＿＿＿＿。では、何時ごろにお伺いしましょ
うか。

Ⓑ：１０時ごろにお願いできますか。

Ⓐ：わかりました。では、明後日水曜日の午前１０時に＿＿＿
＿＿＿＿＿。

２、アポイントメントを変更する

Ⓐ：＿＿＿＿＿＿＿＿。実は水曜日、ちょっと都合が悪くな
ってしまいまして、そちらへお伺いできなくなってしま
ったんですが。

Ⓑ：そうですか。

Ⓐ：それで、お約束の日にちを＿＿＿＿＿＿＿と思いまし
て。

Ⓑ：木曜日ならいいですよ。

Ⓐ：ありがとうございます。では、木曜日の１０時に伺わせ
ていただきます。＿＿＿＿＿＿＿、本当に申し訳ござ
いません。では、よろしくお願いいたします。

3、面識のない人にアポイントメントを取る

Ⓐ：はい、藤原です。

Ⓑ：＿＿＿＿＿＿＿＿＿。私、東京貿易の佐藤と申します。先日、弊社の新製品の参考資料をご送付させていただきましたが、＿＿＿＿＿＿＿＿＿。

Ⓐ：はい、拝見しました。

Ⓑ：ありがとうございます。実は、その件でご説明に伺いたいのですが、近いうちに＿＿＿＿＿＿＿＿＿をいただけないかと思いまして……。

Ⓐ：木曜日の午前中ならいいですよ。

Ⓑ：はい、では、よろしくお願いいたします。

▶会話：アポイントメントの取り方  10-2

> 池内：中日商事の社員
> 佐藤：東京貿易の社員

1、CDを聴いて、質問に答えてください。
　①どういった用件でしょうか。
　②ポイントの日時はどうなりましたか。

2、もう一度CDを聴いてください。

3、会話を完成してください。

　佐藤：はい、東京貿易開発部でございます。

　池内：いつもお世話になっております。中日商事の池内と申
　　　　しますが、佐藤さんはいらっしゃいますか。

　佐藤：はい、わたしです。こちらこそいつもお世話になって
　　　　おります。今日は＿＿＿＿＿＿でしょうか。

　池内：実は、＿＿＿＿＿＿当社では、新しい商品を提供す
　　　　ることになりました。＿＿＿＿＿＿＿＿、お伺い
　　　　して詳しい説明をさせていただきたいと思うのですが、
　　　　少し、お時間を＿＿＿＿＿＿＿＿＿でしょうか。

　佐藤：そうですか。では、来週木曜日の午前に来ていただけ
　　　　ませんか。

　池内：申し訳ございません。あいにくその日は＿＿＿＿＿
　　　　＿＿がございまして。＿＿＿＿＿＿、ほかの日
　　　　にお願いできませんでしょうか。

佐藤：そうですか。じゃ、金曜日の午前はいかがですか。

池内：はい、けっこうです。では、お時間は、何時頃が＿＿＿＿
＿＿＿＿＿＿＿＿＿＿でしょうか。

佐藤：10時に工場の事務所までいらして下さい。

池内：わかりました。それでは、来週金曜日の１０時にお伺
いしますので、よろしくお願いいたします。

佐藤：＿＿＿＿＿＿＿＿＿＿＿＿＿＿＿。

池内：はい、では、失礼いたします。

4、もう一度 CD を聴いて、自分の書いた表現と比べてください。

5、ロールプレイ

A：X 社社員	B：Y 社社員
Y 社のBさんを水曜日に訪問する予定でしたが、緊急の所用が入ったため、打ち合わせの時間にうかがうことができなくなりました。Y 社に電話をかけて、約束を変更してもらってください。	X 社のAさんから電話がかかってきます。Aさんの話を聞いて、会話をしてください。

	午前	午後
月	会議	
火		来客
水	訪問	
木		会議
金	外出	

	午前	午後
月		外出
火	出張	
水	来客	会議
木		
金		会議

▶ビジネスコラム：席次のマナー

　室内や車内における席次や席順には、目上の人や年長者に対する敬意、あるいは来客に対するおもてなしの心がこめられています。目上の人やお客様にはできるだけ良い席に着席して頂きますが、その部屋において最も良い席を上座と言います。イラストを見て、上座から順番に1、2、3……と、席次を書いてみましょう。誰がどこに座るといいか、考えてください。

① 応接室の場合

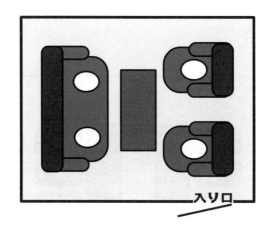

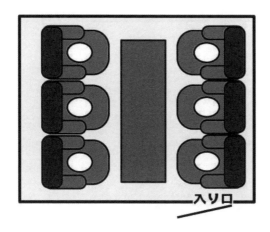

応接室の席次の四大原則

- 出入口から遠い所が上座、近いところが下座。
- 大きな窓があり、美しい景観や眺望が臨める場合には、入口側であっても景色が見える方が上座
- 長いテーブルに、片側3名以上で席につく場合は中央が上座
- 背もたれと肘かけのあるソファーが上座。背もたれも肘かけもない椅子が下座になる。

② 会議室の場合

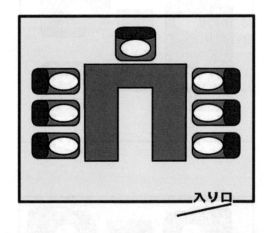

会議室の席次の三大原則

- 出入口から遠い所が上座、近いところが下座。
- 議長席に近い方が、より上座
- 議長席が中心になる

③ エレベーターの場合

操作盤　　出入口

エレベーターの席次の四大原則

- 出入口から遠い所が上座、近いところが下座。
- エレベーターでは操作盤の前が最も下座となる
- 目上の人と一緒にエレベーターに乗り込む場合は、目上の
  人に先に乗って頂くようにする。

▶練習

1、訪問する際には、相手側に対して失礼のないように基本的なビジネスマナーを理解しておく必要があります。問題の内容が正しいと思うものには○を、正しくないと思うものを×を入れてください。

① （　　　　）玄関に入る前に、コート、マフラー、手袋を脱ぐ。

② （　　　　）アポイントメントがある場合、受付を通さないで直接に面会人の部署へ行けばよい。

③ （　　　　）応接室で上座に座るように勧められたが、相手の好意を断って、下座にするのがマナーである。

④ （　　　　）応接室で、「どうぞ」とだけ言われた場合は、好きな席に座ればよい。

⑤ （　　　　）大きな荷物やバッグはソファーの上に置く。

⑥ （　　　　）面会人が来るまで、応接室を歩き回ったり陳列品を手に取ったりせずに、静かに待つ。

⑦ （　　　　）訪問当日は、最低でも約束時間の３０分前には到着出来るようにする。

⑧ （　　　　）長椅子よりも肘掛けがついた１人用の椅子のほうが上座にあたる

⑨ （　　　　）上座がわかりづらい造りの応接室では絵画や景色が見える席が上座。

⑩ （　　　　）お茶を出すときは、まず茶たくを出してそれから茶碗をのせる。

2、次の問題の答えとして正しいものを、A〜Cから一つ選んでください。

① 他社を訪問した際、明らかにこちらが下の場合なのに、応接室で上座をすすめられた。適切な応対はどれ？

Ⓐ：素直にすすめられた席に座る

Ⓑ：一回目は断り、二回目すすめられたら座る

Ⓒ：何回すすめられても固辞する

② ほかに誰も乗っていないエレベーターを来客と一緒に乗り降りする際は自分が先？お客様が先？

Ⓐ：乗るときも降りるときも自分が先

Ⓑ：乗るときも降りるときもお客様が先

Ⓒ：乗るときは自分、降りるときはお客様が先

③ 複数のお客様にお茶を出すときは誰から出す？

Ⓐ：入口に近いお客様から出す

Ⓑ：入口から遠いお客様から出す

Ⓒ：自社の人間に先に出す

④ 訪問のマナーで、おかしいのはどれでしょうか。

Ⓐ：個人宅を訪問したとき、手土産は玄関ではなく部屋で渡すのがマナー

Ⓑ：和室で座礼をするときは、座布団の上で行うのがマナー

Ⓒ：上司と一緒に訪問した場合、上司が先に名刺交換をする

3、他社を訪問するのですから、マナーに気を配ることは言うまで
　もありませんが、面談相手以外の人にも礼儀正しく接する事が
　大切です。受付で与える印象は今後のビジネスに影響してきま
　すので、ぞんざいにならないように気を付けましょう。当たり
　前の事も多いはずですが、念の為チェックしてから訪問しまし
　ょう。

　　□　名刺・資料等の携帯品をチェックする
　　□　忘れ物には気を付ける
　　□　服装やヘアースタイル・化粧を整える
　　□　コートや帽子は脱いで、片手に持つ
　　□　濡れた傘は室内に持ち込まず、傘立てに入れる
　　□　携帯電話は電源を切るか、マナーモードに切り替えてお
　　　　く
　　□　訪問先までのルートやその所要時間の確認

第❶❶課 / 会社訪問と接客

　他社を訪問するのですから、マナーに気を配ることは言うまでもありませんが、面談相手以外の人にも礼儀正しく接する事が大切です。到着、受付、面談までの各シチュエーションで注意すべきマナーがあります。一方、会社での来客応対も、会社全体のイメージを決定してしまう重要なポイントである。お客様に対して常に対等に気持ちの良い対応ができれば、お客様に与える会社の印象はグッと良くなるはずです。

▶会社訪問の流れ

①建物に入る前にすること

玄関でコートを脱ぎ、携帯電話は電源を切るか、マナーモードにする。

⬇

②取り次ぎを依頼する

受付で「○○会社の鈴木と申します。２時に○○課の田中様とお約束しています。」と礼儀正しく告げて、取次ぎを依頼する。受付で与える印象は今後のビジネスに影響してきますので、ぞんざいにならないように気を付けましょう。

⬇

③応接室へ入室

応接室では相手に勧められた席に座る。勧められないときは下座に。バッグは自分の足元に、コートは手に持って待つ。

④担当者がいらっしゃったら

すぐに立ち上がり「はじめまして、○○会社の鈴木と申します。よろしくお願いいたします。」と訪問者から先に名刺を出す。

⑤応接室から退室

訪問した側から話しを切り上げるのが基本。退室する時は、忘れ物がないか確認し、立ちあがってお礼を述べる。コートは玄関を出るまで着用しない。

▶確認クイズ

1、あなたが来客を応対したときを想定して、受付で交わされる会話を中心に取り上げました。こんな時、何と言いますか。①〜⑧に合う表現を選んでください。

① 来客を迎えるとき

② 来客の会社名と氏名を尋ねるとき

③ アポイントメントの有無を確認するとき

④ 担当者に取り次ぐとき

⑤ お客様に案内する行先を告げるとき

⑥ 担当者が不在のとき

⑦ アポイントメントがあるとき

⑧ 席に座っていただくとき

a. どうぞ、こちらにおかけになってお待ちください。

b. 失礼ですが、お名前をお伺いしてもよろしいでしょうか？

c. ただいま、お呼びいたしますので、少々お待ちくださいませ。

d. いらっしゃいませ。

e. 恐れ入りますが、どのようなご用件でしょうか？

f. 申し訳ございませんが、○○はあいにく外出中です。あと30分ほどで戻る予定ですが、いかがなさいますか？

g. お待ちしておりました。わざわざお越しくださいまして、ありがとうございます。

h. 応接室にご案内しますので、どうぞこちらへ。

2、あなたが会社を訪問したときを想定して、受付で交わされる会話を中心に取り上げました。こんな時、何と言いますか。①～⑧に合う表現を選んでください。

① 面談が長引きしてしまったとき

② 受付で取り次ぎを頼むとき

③ 席をすすめられたとき

④ 面談が長引きそうな場合は、相手に確認するとき

⑤ 話しを切り上げて、面談を締めくくるとき

⑥ 辞去するとき

⑦ 相手に遅れることの了承を得るとき

⑧ 担当者に会ったとき、感謝の気持ちを伝える

a. 申し訳ございません。山手線での事故がありまして２０分ほど遅れそうなのですが、ご都合はよろしいでしょうか。

b. すっかり長居をいたしまして申し訳ございません。
　お忙しいところ。時間を割いていただいてありがとうございます。失礼いたします。

d. ありがとうございます。

e. もう少々お時間、よろしいでしょうか。

f. 東京商事の鈴木と申しますが、本日１４時に営業部の高橋様とお約束をいただいておりますが、お取次ぎ願えますでしょうか。

g. では、来週またご連絡いたします。

h. 本日はお忙しいところありがとうございます。

▶談話 🎧 11-1

CD を聞いて、＿＿＿＿＿＿＿＿＿＿＿を埋めなさい。

1、相手に遅れることの了承を得る

Ⓐ：申し訳ありません。10 時にお伺いする予定でしたが、都
合で 30 分ほど＿＿＿＿＿＿＿＿＿＿＿が、お待ちいただ
けますでしょうか。

Ⓑ：はい、＿＿＿＿＿＿＿＿＿＿よ。

Ⓐ：お忙しいところをご迷惑をおかけして申し訳ございませ
ん。＿＿＿＿＿＿＿＿＿＿ので、よろしくお願いいた
します。

Ⓑ：はい、お待ちしております。

2、アポイントメントがある場合

Ⓐ：失礼いたします。私、中日商事の池内と申します。

Ⓑ：いらっしゃいませ。＿＿＿＿＿＿＿＿＿＿＿が、どの
ようなご用件でいらっしゃいますか？

Ⓐ：10 時に開発部の佐藤様と＿＿＿＿＿＿＿＿をしておりま
すが、＿＿＿＿＿＿＿＿＿願えますでしょうか。

Ⓑ：かしこまりました。そちらのいすにおかけになってお待
ちください。
……（数分後）……

Ⓑ：お待たせいたしました。それでは、ご案内いたします。
エレベーター右手のインターホンで 666 と＿＿＿＿＿
＿＿＿＿と、佐藤が参ります。

Ⓐ：666 ですね。わかりました。ありがとうございます。

3、アポイントメントがない場合

Ⓐ：＿＿＿＿＿＿＿＿＿＿＿＿＿＿＿＿＿＿＿。

Ⓑ：失礼いたします。中日商事の石原と申します。開発部の佐藤様はおいでになりますでしょうか。お約束はいただいておりませんが、近くまでまいりましたので、＿＿＿＿＿＿＿＿＿＿＿と思いまして。

Ⓐ：申し訳ございません。佐藤は本日お休みをいただいておりますが、＿＿＿＿＿＿＿＿＿＿＿＿＿＿か。

Ⓑ：そうですか。では、またの機会に伺わせていただきます。

Ⓐ：せっかく＿＿＿＿＿＿＿＿＿＿＿＿＿のに、申し訳ございません。

Ⓑ：いいえ、こちらこそ突然お伺いいたしまして。

4、応接室への案内

Ⓐ：＿＿＿＿＿＿＿＿＿＿＿＿＿。2階の応接室にご案内いたします。＿＿＿＿＿＿＿＿＿＿＿＿。

Ⓑ：はい、恐れ入ります。

Ⓐ：段差があるので足元にお気をつけください。

Ⓑ：ありがとうございます。

Ⓐ：こちらです。どうぞ＿＿＿＿＿＿＿＿＿＿。吉田は間もなく参りますので、少々お待ち下さいませ。

応接室にお通しする前のチェックポイント

- 応接室の点検
- 空室の確認
- 空室だと思っても必ずノックをする

▶会話－１：受付での取り次ぎ 11-2

> 池内：中日商事の社員
> 佐藤：東京貿易の社員
> 吉田：東京貿易の社員

１、CD を聴いて、質問に答えてください。

①開発部の佐藤様と何時の約束で伺いましたか。

②応接室は何階ですか。

２、もう一度 CD を聴いてください。

３、会話を完成してください。

吉田：いらっしゃいませ。

池内：お忙しいところを恐れ入ります。中日商事の池内と申
しますが、いつもお世話になっております。開発部の
佐藤様と 10 時のお約束で伺いましたが。

吉田：池内様でいらっしゃいますね。＿＿＿＿＿＿＿＿＿＿。
ただ今、呼んでまいりますので、どうぞこちらにおか
けになって＿＿＿＿＿＿＿＿＿＿。

池内：はい、恐れ入ります。

吉田：お待たせいたしました。あいにく＿＿＿＿＿＿＿＿
＿＿、大変申し訳ございません。あと 20 分ほどで終わ

ると思いますが、お待ちいただけますでしょうか。

池内：そうですか。では、それまで待たせていただきます。

吉田：申し訳ございません。ただ今、お茶を持ってまいります。

池内：どうぞ、＿＿＿＿＿＿＿＿＿＿＿。

　　　……（20分後）……

吉田：大変お待たせいたしました。佐藤は応接室のほうでお
　　　待ちしております。それでは、応接室にご案内いたし
　　　ますので、どうぞこちらへ。

池内：お願いします。

吉田：エレベーターで5階までまいります。

池内：ありがとうございます。

吉田：＿＿＿＿＿＿＿＿＿＿＿＿＿。

　　　……（ノックして入室）……

吉田：失礼します。部長、東京貿易の池内様が＿＿＿＿＿＿
　　　＿＿＿＿＿。

佐藤：お待たせいたしまして、どうも申し訳ございませんで
　　　した。

池内：とんでもございません。本日は、わざわざ＿＿＿＿＿
　　　＿＿＿＿＿＿＿、ありがとうございます。

佐藤：今日は＿＿＿＿＿＿＿＿＿＿＿か。

池内：早速ですが、先日お願いした件、＿＿＿＿＿＿＿＿＿
　　　＿でしょうか。

佐藤：申し訳ないです。検討したんですが、貴社の期待に＿
　　　＿＿＿＿＿＿＿＿＿となってしまって。

4、もう一度 CD を聴いて、自分の書いた表現と比べてください。

5、ロールプレイ

A：X 社社員	B：Y 社社員	C：Y 社の受付
Y 社の B さんと会うために Y 社を訪問しました。Y 社の受付であいさつをし、3時に約束があると言ってください。	待たせたことを謝ってください。	受付にお客様の X 社の A さんが来ます。約束があるかどうか聞いてください。

▶会話－２：応接室での面会  11-3

> 池内：中日商事の社員
> 鈴木：東京貿易の開発部部長
> 吉田：東京貿易の社員

１、CD を聴いて、質問に答えてください。

①どのような用件で伺ったんですか。

②鈴木さんは何時から会議が入っていますか。

２、もう一度 CD を聴いてください。

３、会話を完成してください。

吉田：いらっしゃいませ。

池内：失礼いたします。私、中日商事の池内と申しますが、
開発部長の鈴木様に＿＿＿＿＿＿＿＿＿＿＿＿んですが。

吉田：失礼ですが、お約束がございますか。

池内：はい、２時にお約束をいただいております。

吉田：失礼いたしました。確かに＿＿＿＿＿＿＿＿。応接室
にご案内いたします。どうぞこちらへ。

池内：ありがとうございます。

　　　……（応接室で）……

吉田：鈴木は＿＿＿＿＿＿＿＿＿＿＿＿ので、どうぞこち

らにおかけになってお待ちください。

池内：失礼します。

吉田：＿＿＿＿＿＿＿＿、どうぞ。

池内：どうぞおかまいなく。

　　　……（しばらくして）……

鈴木：お待たせいたしました。今日はどういったご用件でしょうか。

池内：お忙しいところ＿＿＿＿＿＿＿。実はこの度、弊社が開発いたしました商品の試用を是非とも貴社にご検討いただけないかと思いまして。

鈴木：そうですか。

池内：本商品は一般の市販品と比較して持久力が大幅に改良されております。

　　　……（20分後）……

鈴木：もっとゆっくりお話ししたいのですが、あいにく今日は３時から会議が入っておりますもので。

池内：お忙しいところ＿＿＿＿＿＿＿、申し訳ございません。では、＿＿＿＿＿＿＿今後ともよろしくお願いいたします。

鈴木：はい、明日にでも会議を開き、なるべく早めに＿＿＿＿＿＿＿＿と思います。

池内：よろしくお願いします。本日はお忙しいところどうもありがとうございました。すっかり長居をいたしまして。

鈴木：いいえ、こちらこそ。では、出口までご案内いたしますので、こちらへ。

4、もう一度 CD を聴いて、自分の書いた表現と比べてください。

5、ロールプレイ

A：X 社社員	B：Y 社社員
新しい商品の売り込みに Y 社へ来ました。商品のパンフレットを B さんに見せて効果的に売り込んでください。	A さんが新しい商品の売り込みに来ました。パンフレットを見て色々質問してください。返事を保留してください。

▶ビジネスコラム：訪問先でのマナー

　　訪問する会社によって面談するまでの流れは異なりますが、注意すべきポイントは同じです。訪問するときは特に、身だしなみや服装、髪、お化粧といった外面、面談時の話し方などに気を配ることが大事です。念のため、以下のことをチェックしてから訪問しましょう。

訪問先の会社に入る前に再度チェック！

- 名刺・資料等の携帯品をチェックする
- 忘れ物には気を付ける
- 服装やヘアースタイル・化粧を整える
- 冬：コートやマフラーを脱いで片手に持っておく
- 夏：汗を拭き、脱いだジャケットは着用する
- 濡れた傘は室内に持ち込まず、傘立てに入れる
- 携帯電話は電源を切るか、マナーモードに切り替えておく
- 訪問先までのルートやその所要時間の確認

　　訪問先に到着したら、受付を経て、担当者との面談に入ります。担当者が来るまでの待ち方について以下の注意点があります。

応接室での注意ポイント！

- 勝手に座らずに勧められてから座ること
- とくに席を指定されなかった場合は下座で待つ
- コートやバッグはテーブルの上には絶対置かないこと
- 待つ間、歩き回ったり陳列品を手に取ったりせずに、静かに待つ
- 担当者が来る前に必要資料や名刺を準備しておく
- 待っている間に携帯電話などでの通話がNG。原則として相手が入ってきたらすぐに応対できる体勢でいる必要がある。

▶練習

1、接客する際には、相手側に対して失礼のないように基本的なビジネスマナーを理解しておく必要があります。問題の内容が正しいと思うものには○を、正しくないと思うものを×を入れてください。

① （　　　　　）廊下を歩く際は、お客様の左側2～3歩斜め前方を歩く。

② （　　　　　）階段をのぼる際は、お客様を後にして自分が先に進む。

③ （　　　　　）エレベーターに乗る時には、お客様に先に乗り降りしていただくのがビジネスマナーである。

④ （　　　　　）お客様をお通しする応接室や会議室に着いたら、中に人がいないと分っている場合は、ドアをノックしなくてもいい。

⑤ （　　　　　）ドアが「内開き（押して開けるタイプ）」の場合は、自分が先に入ってドアを押さえ、お客様をお通しする。

⑥ （　　　　　）上座とは、出入り口に一番近い席にあたる。

2、訪問する際には、相手側に対して失礼のないように基本的なビジネスマナーを理解しておく必要があります。問題の内容が正しいと思うものには○を、正しくないと思うものを×を入れてください。

① （　　　　　）玄関に入る前に、コート、マフラー、手袋を脱ぐ。

② （　　　） アポイントメントがある場合、受付を通さないで直接に面会人の部署へ行けばよい。

③ （　　　） 応接室で上座に座るように勧められたが、相手の好意を断って、下座にするのがマナーである。

④ （　　　） 応接室で、「どうぞ」とだけ言われた場合は、好きな席に座ればよい。

⑤ （　　　） 大きな荷物やバッグはソファーの上に置く。

⑥ （　　　） 面会人が来るまで、応接室を歩き回ったり陳列品を手に取ったりせずに、静かに待つ。

⑦ （　　　） 訪問当日は、最低でも約束時間の３０分前には到着出来るようにする。

⑧ （　　　） 長椅子よりも肘掛けがついた１人用の椅子のほうが上座にあたる

⑨ （　　　） 上座がわかりづらい造りの応接室では絵画や景色が見える席が上座。

⑩ （　　　） お茶を出すときは、まず茶たくを出してそれから茶碗をのせる。

3、次の問題の答えとして正しいものを、A～Cから一つ選んでください。

① 接客のマナーで、おかしいのはどれでしょうか。

Ⓐ：会社の受付にて来客が重なった場合は、先着順に案内する

Ⓑ：来客を応接室まで案内するときは、お客様と並んで歩くのがマナー

C：お客様に席を示すときは、手のひらで示す。指さしはマナー違反。

② 他社を訪問した際、明らかにこちらが下の場合なのに、応接室で上座をすすめられた。適切な応対はどれ？

A：素直にすすめられた席に座る

B：一回目は断り、二回目すすめられたら座る

C：何回すすめられても固辞する

③ ほかに誰も乗っていないエレベーターを来客と一緒に乗り降りする際は自分が先？お客様が先？

A：乗るときも降りるときも自分が先

B：乗るときも降りるときもお客様が先

C：乗るときは自分、降りるときはお客様が先

④ 複数のお客様にお茶を出すときは誰から出す？

A：入口に近いお客様から出す

B：入口から遠いお客様から出す

C：自社の人間に先に出す

⑤ 訪問のマナーで、おかしいのはどれでしょうか。

A：個人宅を訪問したとき、手土産は玄関ではなく部屋で渡すのがマナー

B：和室で座礼をするときは、座布団の上で行うのがマナー

C：上司と一緒に訪問した場合、上司が先に名刺交換をする

第12課 / 社内文書

　社内での伝達は口頭のほか文書で行われます。特に正式に伝達する場合や内容が複雑な場合、決定事項を社内に伝える通達などの場合には文書を使います。社内文書は、各部署間，支店間，営業所と本社の間など、社内の指示・連絡・報告などで交わす文書です。あいさつなどの儀礼的な部分は省略し、迅速かつ正確に伝えることが重要です。

▶社内文書の注意点

1
ひとつの文書に1用件

2
具体的な件名をつける

3
用件は簡潔に

4
校正はしっかり

▶社内文書の種類

1、指示・命令のための文書

- 通　達：社則・社内規定などに関するもの
- 稟議書：案件について、決済権を持つ上の人の決済・承認を仰ぐもの
- 指示書：業務上の指示・命令などを表すもの

2、報告・届出のための文書

- 報告書：出張・調査・情報などの報告をするもの
- 届出書：休職・早退・退職「願」や、有給休暇・結婚「届」など
- 始末書：不始末をわびるため状況や、一部始終をかいてだす文書

3、連絡・調整のための文書

- 通知文：社として決定事項を知らせるもので、社員はこれに従う。
- 案内文：社員の便宜を図るためのもので、強制力がない。

4、記録・保存のための文書

- 議事録：会議の内容や決定事項を記録するもの
- 計・データ：営業・販売・経理などに関する集計データ

▶確認クイズ

　問題の内容が正しいと思うものには○を、正しくないと思うものを×を入れてください。

① （　　　　） 社交文章などを除き、ビジネス文書は横書きが原則である。

② （　　　　） ビジネス文書では、複数の件数を一つの文書にまとめて書く。

③ （　　　　） 社内での書類なので堅苦しいあいさつ文などは不要である。

④ （　　　　） 社内文書では、番号、金額、数量などは漢数字を使用する。

⑤ （　　　　） 社内文書では頭語・結語、時候のあいさつなどは必要ない。

⑥ （　　　　） 社内文書は過剰な丁寧さは控え、「〜いたします」「お願い申し上げます」は、「〜します」「お願いします」とする。

■ 社内文書の形式と留意点

```
                                          ①文書番号
                                          ②発信日付

③受信者名

                                          ④発信者名

                        ⑤標題
                        ⑥本文


                        ⑦記
1、
2、
⑧添付資料
                                              ⑨以上
```

①文書番号：正式文書に付け、重要でない文書には付けない。

②発信日付：元（年）号が一般的だが、西暦も使う。

③受信者名：個人名ではなく役職名にする。

④発信者名：個人名ではなく組織単位の責任者の役職名にする。

⑤標　　題：本文の内容を簡潔に記す。標題があまり長くならない
　　　　　　ように注意することが必要である。

⑥本　　文：文書ですから、本文は「です、ます」体にする。

⑦記　　　：中央に記と書き、その下に日時などを個条書きにす
　　　　　　る。記書きは「である」体か名詞止めにする。

⑧添付資料：図表や地図など、資料があればその名称と枚数などを
　　　　　　記す。

⑨以　　　上：最後に必ず付ける。

■ ケース１：社員旅行の案内書

平成○○年○○月○○日

社員各位

総務部

社員旅行について

表題の通り、2014年度の社員旅行は下記の通り決定いたしました。奮ってご参加ください。なお、参加できない場合は10月14日までに総務部までに申し出るようにしてください。

記

1. 日時：10月20日〜10月21日
2. 集合：20日　10：00本社前
3. 目的：社員同士の親睦を深める
4. 宿泊：○○旅館
5. 解散：21日　18：00本社前

以上

作成のポイント

(1) 詳細なスケジュールや行程が決定している場合はそうした内容についても具体的に書けるようにすると良い。

(2) 目的のある社内旅行の場合は、目標やオリエンテーションの内容などをもわかりやすくしておくとベター。

■ ケース 2 ： 休暇届の届出書

平成○○年○○月○○日

総務部長

○○　○○殿

所属○○部○○課

氏名○○　　○○

休暇届

このたび、下記の理由により休暇をとらせていただきますので、ここにお届けいたします。

1、休暇期間：○○月○○日から○○月○○日まで

2、休暇理由：○○○○するため

3、添付書類：○○○○ 1 通

以上

(1) 社内文書なので、あいさつ文は必要ない。すぐに本題に入る。
(2) 休暇理由を明確にすると説得力が増す。一段落で書くこともできるが、あまり長々と書くのは逆効果。休暇期間、理由、証明などに分けると読みやすい。

■ ケース３：業務上の事故の始末書

平成○○年○○月○○日

○○株式会社

代表取締役社長　　○○　　○○殿

所属○○部○○課

氏名○○　　○○

始末書

この度は、私の不注意により、会社に多大な損害を与える結果となりました。まことに申し訳なく、謹んでお詫び申し上げます。私は、今回の事故を深く反省し、今後再びこのような事故を起こさぬよう十分注意することを固くお誓い申しあげます。今回に限り、何卒お許しくださいますよう、本書とともにお願い申し上げます。

以上

作成のポイント

(1) 反省と決意を十分にしていることを示すため、敬語を多く使い、言い回しも硬い表現を使う。

(2) やむを得ない事情があったときでも、言い訳をせずに素直に謝る方が印象がよくなる。

▶ビジネスコラム：上達するためのヒント

　　ビジネス文書は社会的な重みをもっています。もっとも避けるべきは、誤った情報を記載してしまうことでしょう。また、充分に理解されないものでは、発信する意味がなくなってしまいます。正確で明快な文書を作成しましょう。

• いろいろな文を読む

ビジネス文書に限らず、新聞や雑誌からダイレクトメールに至るまで、なるべく多くの文に目を通しましょう。参考になる言い回しや表現などを見つけたら、保存しておくとよいでしょう。

• 要点をまとめる練習をする

言葉を選ぶ力や、必要な要素を見極める力を養うことができます。過去に送信した文書などを使い、例えば5行の段落を3行にするといったように取り組んでみましょう。

• 第三者に読んでもらう

いくら考え尽くしても、やはり個人の見方には限界があります。他者の目を大いに活用して、読みやすさや理解しやすさなどの観点から、率直な意見をもらいましょう。

• テンプレート化と辞書ツール

実際の業務上では、文書作成には正確さとともにスピードが求められます。文書のテンプレート化はもちろん、よく使う謝意や結びの文を辞書ツールに登録しておくと便利です。

• 国語辞典や類語辞典をデスクに

語句の意味を確認したり、表現を工夫したり、辞典の世話になることは多いものです。ハンディ判のものなら邪魔にならず、すぐ手に取れる場所へ置いておくことができます。

• 作成前の下調べを怠らない

依頼状などを作成する際には、事前に業績などについて調べておくとよいでしょう。他のビジネス文書でも、「こちらをよく勉強しているな」と相手が感じれば、良い結果につながることが多いものです。

▶練習

1、ビジネス文書ではよく見られるミスを注意しましょう。次の語句を正しい言い方に直してください。

① 誤字・脱字がある

誤） 記事を作り直した後、いつ内見会サンプルを出火できるか、予定をご連絡ください。

正） ＿＿＿＿＿＿＿＿＿＿＿＿＿＿＿＿＿＿＿＿

② 主述が離れている

誤） 中山が展示会の件で先日貴社へ伺った際に、吉田様にお渡ししました。

正） ＿＿＿＿＿＿＿＿＿＿＿＿＿＿＿＿＿＿＿＿

③ ら抜き言葉など

誤） 見れるようになりましたんで、どうぞご利用ください。

正） ＿＿＿＿＿＿＿＿＿＿＿＿＿＿＿＿＿＿＿＿

④ 係りが明確でない

誤） 新任の部長と課長が工場見学に伺う予定です。

正） ＿＿＿＿＿＿＿＿＿＿＿＿＿＿＿＿＿＿＿＿

2、次の問題の答えとして正しいものを、A～Cから一つ選んでください。

① ビジネス文章の最後に、「以上」と書くのは不適当なものを選んでください。

Ⓐ：上司が世話になった出張先への礼状

Ⓑ：社外の人を招いて行った会議の議事録

Ⓒ：自分が受けた研修の受講報告書

② 文書の書き方について述べたものである。中から不適当と思われるものを選んでください。

　Ⓐ：社内文書は頭語や結語などは書かない

　Ⓑ：社内文書も社外文書も、「記」書きの文章は個条書きにする

　Ⓒ：社内文書も社外文書も、発信日は文書を作成した日にちを書く

3、社内文書の名称とその説明の組み合わせである。

① ＿＿＿＿＿：案件について、決済権を持つ上の人の決済・承認を仰ぐもの。

② ＿＿＿＿＿：出張・調査・情報などの報告をするもの

③ ＿＿＿＿＿：社員の便宜を図るためのもので、強制力がない。

④ ＿＿＿＿＿：会議の内容や決定事項を記録するもの

⑤ ＿＿＿＿＿：業務上の指示・命令などを表すもの

第⑬課 / ビジネスメール

　最近では、様々なビジネスの現場において社内外問わず、電子メールが多く活用されるようになり、すっかり定着してきています。送信する側も受信する側も、時間を問わずにいつでも連絡のやり取りができるという便利な反面、連絡の行き違いに発展したり、感情や誠意が伝わりにくいという問題点もかかえています。だからこそ、メールの基本的なマナーを良く理解する必要性があると言えるでしょう。

▶ビジネスメールの注意点

1
一目でわかるタイトルをつける

2
文章は簡潔に！

3
文末には必ず署名を入れる

4
機種依存文字は使用しない

▶ 確認クイズ

　　問題の内容が正しいと思うものには○を、正しくないと思うものを×を入れてください。

① （　　　　） メールのタイトルは簡潔に、なおかつメールのタイトルを見ただけで誰からのどんなメールなのかなど本文の内容が分るようにつける必要がある。

② （　　　　） 長い文章のメールこそは、本当に伝えるべき内容が正確に伝わり、また全体的に丁寧な文書作りが出来るようになる。

③ （　　　　） 1行の文字数は、約30文字程度になるように適度に改行を入れながら、行数が長くなる場合は段落ごとに空行を入れるなどして読みやすく整理する。

④ （　　　　） 顔文字やアスキーアートなどは、ビジネスメールには不適切なので使用しない。

⑤ （　　　　） 電子メールは、文書のような形式的な頭語・結語、時候のあいさつなどを書く必要がある。

⑥ （　　　　） メールで送信した内容がもし緊急の用件であれば、電話連絡をメールを送った相手に入れ、メールを送信した旨を直接伝える。

電子メールのメリット
- スピーディーに情報の送受信ができる
- 画像や資料などを添付ファイルとして送受信できる

- ひとつの内容を複数の人で共有できる
- 時間を問わずに送受信ができる
- 送受信の記録を残す事ができる
- 手紙と違って文章の書き直しが手軽にできる

電子メールのデメリット

- 確実に送受信されているかなどの確認が不明瞭
- コンピューターウィルスなどの対策が必要となる
- 文章だけのやり取りとなるため無感情になりがち

■ ビジネスメールの形式と留意点

①宛先	
② CC	
③件名	
④添付ファイル	

⑤主文

＊＊＊＊＊＊＊＊＊＊＊＊＊＊＊＊＊＊＊＊

株式会社○○○　○○部

○○○○　　　　　　　　　　⑥署名

東京都港区○○○□－□－□

電話：03-1234-5678

FAX：03-1234-5679

E- メール：

＊＊＊＊＊＊＊＊＊＊＊＊＊＊＊＊＊＊＊＊

①宛先：打ち間違えるとメールがどこかへ行ってしまう。間違い先のサーバーにも迷惑がかかるので、一文字一文字正確に入力しよう。

②CC（副次的な宛先）：受信者以外の関係者にもメールを送りたいときは、CCやBCCの機能を使う。仕事上、情報を共有するために活用する。

③件名：件名は必ず記入し、しかも分かりやすいものでなくてはならない。多くの人は一日にたくさんのメールを受信するので、件名によって内容の重要さや緊急の度合いを判断することが多い。

④添付ファイル：添付機能は、本文中に書くことが難しい文書や資料を送付できる便利なものである。しかし、相手側の処理能力の環境を考えず、一度に大量にファイルを送るのはマナー違反である。

⑤本文：「いつもお世話になっています」程度の簡単なあいさつのあと、書き手が誰であるか名乗るようにする。主文は簡潔に書き読みやすい文章を心がけよう。

⑥署名：本文の最後に誰が出したかを明確にするために署名を入れる。あまり長くならないように5～6行が一般的である。

■ ケース１：商品サンプルによる注文状

宛先	user1@mail.example.ne.jp
CC	user2@mail.example.ne.jp
件名	商品の注文について
添付ファイル	注文書．doc

○○○株式会社

○○部　部長　○○○○様

平素は格別のお引き立てをいただき、ありがとうございます。

さて、先日は貴社製品○○○のサンプルをご送付くださいまして、ありがとうございます。

つきましては、添付注文書のとおり注文いたしますので、○○月○○日までに納品のほどよろしくお願い申し上げます。

まずは、ご注文まで。

＊＊＊＊＊＊＊＊＊＊＊＊＊＊＊＊＊＊＊＊

株式会社○○○　○○部

○○○○

東京都港区○○○○□－□－□

電話：03-1234-5678

FAX：03-1234-5679

E-メール：user3@mail.example.ne.jp

＊＊＊＊＊＊＊＊＊＊＊＊＊＊＊＊＊＊＊＊

作成のポイント

(1) 役職名のある相手の場合、［○○部長様］［○○社長様］は、ＮＧ。肩書きそのものが敬称なので、敬称に「様」をつけるのはおかしい。必ず、役職名を先に書き［部長　○○様］［社長　○○様］とする。

(2) メールは、文書のような形式的な時候のあいさつなどは必要ないが、文章の文頭と文末には簡単なあいさつを一言入れると良い。

■ ケース2：見積書送付のお願い

宛先	user1@mail.example.ne.jp
CC	user2@mail.example.ne.jp
件名	見積書送付のお願い
添付ファイル	

○○○株式会社　○○○○様

いつも大変お世話になっております。株式会社○○○の○○と申します。

さて、早速ですが、貴社取扱の商品について、下記の内容により見積書を送付くださるようお願いいたします。お忙しいところ恐縮ですが、○日までにお送りいただけますと幸いです。

記

1、品　　　名：IQ100

2、数　　　量：300 個

3、納　　　期：平成○○年○○月○○日

4、納品方法：貴社ご指定

5、代金支払：到着後○○日現金払い

以上、取り急ぎご依頼まで。

＊＊＊＊＊＊＊＊＊＊＊＊＊＊＊＊＊＊＊＊

株式会社○○○　　○○部

○○○○

東京都港区○○○□－□－□

電話：03-1234-5678

FAX：03-1234-5679

E- メール：user3@mail.example.ne.jp

＊＊＊＊＊＊＊＊＊＊＊＊＊＊＊＊＊＊＊＊

作成のポイント

(1) 見積もり依頼の内容、条件などは詳しく書くこと。

(2) 急ぐ場合は○日までに、と日付を書くほうが「至急」よりも明確で良い。

■ ケース 3：商品代金の再請求

宛先	user1@mail.example.ne.jp
CC	user2@mail.example.ne.jp
件名	代金の支払いについて
添付ファイル	

○○○株式会社　○○○○様

いつもお世話になっております。

さて、去る○○月○○日付でご請求しました○○○の代金につきまして、お支払い期限を過ぎた○○月○○日現在、いまだご送金を確認できておりません。

何かの手違いと存じますが、ご確認のうえ、大至急ご連絡いただけますようお願いいたします。

なお、本状と行き違いにご送金いただいた場合は、あしからずご容赦くださいませ。

まずは、取り急ぎお願いまで

＊＊＊＊＊＊＊＊＊＊＊＊＊＊＊＊＊＊＊＊

株式会社○○○　○○部

○○○○

東京都港区○○○□－□－□

電話：03-1234-5678

FAX：03-1234-5679

E- メール：user3@mail.example.ne.jp

＊＊＊＊＊＊＊＊＊＊＊＊＊＊＊＊＊＊＊＊

作成のポイント

(1) 「○○月○○日現在」など、こちらが「いつ」確認して言っているのかをはっきりさせること。

(2) 礼儀として、行き違いがあった場合の謝罪をしておこう。

▶ビジネスコラム：宛先の使い分け

　　一度に複数の人に情報を発信できるのは、メールの大きな利点です。メールの様式上、アドレスの入力欄は「宛先」「CC」「BCC」と3種類が用意されており、これにはそれぞれの目的と役割があります。宛先には受信者のアドレスを入力します。受信者以外の関係者にもメールを送りたいときは、「CC」や「BCC」の機能を使います。

　　「CC」とは、Carbon copy（カーボンコピー）の略です。電子メールを送信する時には必ず、宛先となる相手がいると思いますが、それ以外にも、「参考までにメールを送りたい」という場合があると思います。そのような場合には、参考までにメールを送る相手のメールアドレスを、「CC」に入力します。「CC」に指定された受信者は、特別な指示がない限り、返信しなくても良いと判断できます。

　　「BCC」とは、Blind Carbon Copy（ブラインドカーボンコピー）の略です。用途としては、「CC」と同じと考えて良いと思いますが、「BCC」に指定されたメールアドレスは、他の受信者に表示されません。「BCC」は、取引先に送るメールを上司にも送っておきたいときなどに利用します。それぞれの使い方や意味を覚えておくと、メールを使いこなすのに便利だと思います。

▶練習

1、主文の前に一言、あいさつ文を入れるのがマナーである。①〜
　　⑩に合う表現を選んでください。

① 最もよく使われれる表現

② 丁寧な言いか

③ 最近連絡を取っていなかったひとに

④ 訪問後のメールで

⑤ 相手からのメールに対して

⑥ 初めてメールをする相手に対して

⑦ 社内向けの最も一般的な表現

a. 早々のご返事、ありがとうございます。

b. 初めてメールいたします。○○と申します。

c. ご無沙汰しております。

d. お疲れ様です。

e. 平素は格別のお引き立てをいただき、ありがとうございます。

f. 先日は大変お世話になり、ありがとうございます。

g. いつもお世話になっております。

2、次の問題の答えとして正しいものを、A～Cから一つ選んでください。

① メールのマナーで適切なのはどれ？

   Ⓐ：拝啓 ・ 敬具などの頭語 ・ 結語は必要。

   Ⓑ：返信するときは、件名を変えなくてもよい

   Ⓒ：ちょっとした用件なら取引先に携帯メールで連絡しても よい

② BCC はどういうときに使いますか。

   Ⓐ：宛先の人に、誰にコピーを送ったか知られたくないとき

   Ⓑ：宛先の人に、誰にコピーを送ったが知ってほしいとき

   Ⓒ：メールを受け取ったら、すぐ返事をしてほしいとき

③ ファイルを添付する注意点で、正しいものは？

   Ⓐ：一度に大量のファイルを送る

   Ⓑ：初めての相手にはあらかじめ添付ファイル付きのメール を送ってもいいかを確認する。

   Ⓒ：添付ファイルをつけていることを本文中に記載しなくて もよい。

3、メールを出す前のチェックポイント

   ☐ 送信先を間違えていませんか。

   ☐ 相手の名前が間違った入力変換になっていませんか。会 社名などは正しいですか。

   ☐ 添付ファイルを添付するつもりで、忘れてませんか。

第14課 / 社外文書

　社外文書は、企業を代表して先方に送る文書です。意思伝達という本来の目的とともに、その企業のイメージや評価にも影響を与えるものです。用件を丁寧に、まとめて伝えるだけでなく、礼儀正しく美しい文書にすることが肝心です。

▶ 社外文書の注意点

1
基本の書式に沿って書く

2
慣用表現や格調高い言葉を用いる

3
分かりやすい文章で書く

4
誠意がこもっていると感じられる

▶社外文書の種類

1、取引・業務

- 通知状：業務に関する詳細や変更などを先方に知らせる文書。書類の授受、会議の開催など。
- 案内状：新商品、製品の発表会などを知らせる文書。
- 照会状：不明なことや疑問点を問い合わせる文書。在庫の有無の問い合わせ、商品や信用状態などに関する照会など。
- 注文状：商品・サービスを注文するもの。
- 回答状：照会状に対する回答。
- 督促状：相手に催促して行為を促すもの。

2、社交・儀礼

- あいさつ状：代表的な社交上の文書。転勤・退職などに関するもの。
- 招待状：式典やパーティーなどを開催する際に、お世話になっている相手へ出席をお誘いする文書。
- 祝賀状：先方の慶事を祝うもの。
- 礼　状：先方の厚意や尽力に対しては、そのつど感謝の気持ちを伝える文書。
- 見舞い状：先方の病気や災害に対するいたわりを述べる文書。
- 弔慰状：死去を悼み、故人の家族などを慰めるもの。

▶確認クイズ

　問題の内容が正しいと思うものには○を、正しくないと思うものを×を入れてください。

① （　　　） 社外文書はビジネス文書として体裁が整っていなくてもいい。

② （　　　） 社外文書は、取引上の文書と、社交や儀礼のための文書に分けられます。

③ （　　　） 社内文書は取引先などにあてて出す文書で、社外文書は社内の関係部署や上司に提出する文書である。

④ （　　　） 弔慰状は頭語や前文を省き、すぐ主文に入る。

⑤ （　　　） 社外文書の受信者名について、団体、部署宛の場合は殿を使う。

⑥ （　　　） 「頭語」、「結語」の対の表現で、「前略」、「かしこ」という表現もある。

■ 社外文書の形式と留意点

	①文書番号
	②発信日付
③受信者名	
	④発信者名

　　　　　　　　　　⑤標題

頭語　　　　　　　　⑥前文

　　　　　　　　　　⑦主文

　　　　　　　　　　⑧末文

　　　　　　　　　　　　　　　　　　結語

　　　　　　　　　　⑨記

1、

2、

⑩同封物

　　　　　　　　　　　　　　　　　　⑪以上

①文書番号：社交文書や私信には付けない。

②発信日付：日付は「ポストへの投函日」。上司の決裁を得た日
　　　　　　や取引先への到着日ではないので、日付の選定には
　　　　　　注意する。

③受信者名：団体、部署宛は御中。職名を使ったら殿。個人名に
　　　　　　職名を使ったら様。多数にあてる場合は、各位を使
　　　　　　う。

④発信者名：発信者は受信者と同格の職位にするのがマナー。

⑤標　　題：本文の内容を簡潔に記す。まずは本文を書いて、それから件名を考えると楽だと思う。標題があまり長くならないように注意することが必要である。

⑥前　　文：頭語は社外文書でのみ使用する。頭語と時候のあいさつとの間には１字空けるとすっきりする。時候のあいさつに対して続けてかかれる安否のあいさつについては一般的に以下のような例文がある。

- 貴社ますますご清栄のこととお喜び申し上げます。
- 貴事務所いよいよご清祥のことと大慶に存じます。
- 貴店ますますご隆盛の段、大慶に存じます。
- 貴行いっそうご繁栄のご様子、心からお祝い申し上げます。
- 貴職ますますご健勝のこととお喜び申し上げます。
- 貴殿ますますご清祥のこととお喜び申し上げます。

⑦主　　文：文書の中心となる用件を述べる。

⑧末　　文：結語は頭語とワンセットになっている。頭語を選んだときに、どういった結語が来るのかも知っておく必要がある。末文の慣用句については一般的に以下のような文例がある。

- まずはお願いまで
- 取り急ぎご返事まで
- 略儀ながら書中にてご回答申し上げます
- 時節柄ご多用中とは存じあげますがご依頼のみ
- つつしんでお礼申し上げます
- 乱文乱筆ながらまずはお礼まで
- 末筆ながら貴社のますますのご発展をお祈り申し上げます。
- 皆様のご自愛をお祈り申し上げます。
- 貴社のご隆盛をお祈り申し上げます。

⑨記　　：具体的な商品名を示したいときや、本文だけでは用件を伝えきれないときには、「記書き」を使うと親切。

⑩同　封　物：参考資料があれば、その名称、番号、数量を書く。

⑪以　　　上：書き終えましたら、最後に文末を表す「以上」を入れる。決して失礼な表現ではない。

■ ケース１：新製品発表展示会の案内状

平成○○年○○月○○日

会員各位

株式会社　　○○○

会長　　○○　　○○

製品発表展示会のご案内

拝啓　若葉が目にまぶしい季節となりましたが、貴社ますますご盛栄のこととお喜び申し上げます。平素は、格別のお引き立てにあづかり、厚く御礼申し上げます。

さて、弊社ではこの度、恒例の製品展示会を下記のとおり開催することになりました。ご多忙中のところ恐縮ではございますが、どうぞご来場くださいますようお願い申し上げます。

末筆ながら貴社のますますのご発展をお祈り申し上げます。

敬具

記

日時：平成○○年○○月○○日　　10 時～ 14 時迄

会場：○○会館　　３階宴会場

　　　JR 新宿駅徒歩３分（別紙案内図ご参照）

以上

■ ケース 2 : 取引条件の照会状

平成○○年○○月○○日

株式会社　　○○○

○○○部　　御中

株式会社　　○○○

○○○部

取引条件のご照会

拝啓　時下、ますますご清祥のこととお喜び申し上げます。

さて、先日は御社製品のカタログをご送付いただきましてありがとうございました。早速検討いたしました結果、ぜひともお取引させていただきたいという結果となりました。

つきましては、価格、取引条件等につきまして諸条件をお教えいただきたく存じます。ご多用中恐縮ではございますが、下記ご回答お願い申し上げます。

敬具

記

1、価格について

　ご注文の数量に応じてどの程度お値引きが可能かどうかをご

　回答ください。

2、その他諸条件について

　その他、お取引に関しまして保証金やその他諸条件ございま

　したらご回答ください。

以上

作成のポイント

(1) 「時下」は、季節を問わず年中使える時候のあいさつである。

(2) 「つきましては」は、「ついては」の丁寧な言い方で、頻出の接続詞。

(3) 何を照会したいのかをできるだけ具体的に記述するのが基本となる。

■ ケース3：取引先へのお詫び状

平成○○年○○月○○日

株式会社　○○○

○○○部　○○　○○様

株式会社　○○○

○○○部　○○　○○

請求金額に関するお詫び

謹啓　霜降の候、貴社いっそうご繁栄のご様子、心からお祝い申し上げます。平素は、格別のご厚情を賜り、まことにありがとうございます。

さて、このたびは、請求金額の件でご迷惑をおかけし、誠に申し訳ございませんでした。当方で原因を調査いたしましたところ、お取引額を計算する際に、誤った商品コードを入力したために、別の商品の単価で計算してしまったようです。

　つきましては、こうした人的ミスの発生を防止するために、今月末にはすべての営業所に全社的にバーコードによる管理の導入が完了する運びとなっており、今後は二度とこのようなミスの無いよう、細心の注意をはらう所存でございます。何卒ご容赦のほどお願い申し上げます。

　略儀ではございますが、取り急ぎ書面にてお詫び申し上げます。どうか今後とも変わらぬご指導のほどよろしくお願い申し上げます。

敬具

作成のポイント

(1) 重要なのは、ミスを認め、同じ過ちを二度と繰り返さない事である。

(2) 対策を先方に伝える事で取引先に安心してもらうことができる。

▶ビジネスコラム：頭語・結語、時候のあいさつ

　頭語・結語は文書における組み合わせで、文頭におけるあいさつの前につけるのが頭語で文末における結びで用いるのが結語と呼ばれるものです。頭語というのは簡単に言うと「こんにちは」、結語は「さようなら」という意味を持っています。頭語と結語は、相手との関係や手紙の内容によって正しく使い分けることが大切であり、必ずセットで用います。正しい組み合わせを覚えましょう。

種類	頭語	結語
普通の場合	拝啓、啓上、拝呈	敬具、拝具、敬白
丁寧な場合	謹啓、粛啓、謹呈	謹白、敬白、謹言
急ぎの場合	急啓、急白	草々、不一
返信の場合	拝復、謹復	敬具、敬白、敬答、拝答
前文省略の場合	前略、略啓	草々、不一

　また、時候のあいさつは通常、頭語の後に使われ、季節ごとの美しい情緒を示すものです。上手に時候のあいさつを書くことにより、文書に季節感を持たせるだけでなく、相手に対する心遣いにもつながります。ここでは、様々な季節ごとに使える時候のあいさつを紹介していきます。

時候のあいさつの例

1月	お健やかに新春をお迎えのことと存じます。／厳冬の候／厳寒の候
2月	余寒なお厳しい折りから／向春の候／余寒の候
3月	日ましに暖かになりますが／早春の候／浅春の候
4月	ようやく春めいてまいりましたが／春暖の候／陽春の候
5月	若葉が目にまぶしい季節となりましたが／新緑の候、薫風の候
6月	紫陽花の花が美しい季節となりましたが／梅雨の候／短夜の候
7月	梅雨明けが待ち遠しいこの頃ですが／盛夏の候／炎暑の候
8月	立秋とは名ばかりの暑さですが／残暑の候／秋暑の候／晩夏の候
9月	朝夕は涼しくなってまいりましたが／初秋の候／新涼の候
10月	秋色いよいよ深まりましたが／秋冷の候／錦秋の候／紅葉の候
11月	菊花香る折りから／晩秋の候／暮秋の候／霜降の候
12月	暮れも押し迫ってまいりましたが／初冬の候／歳晩の候

▶練習

1、次の問題の答えとして正しいものを、A～Cから一つ選んでください。

① 宛名を書くときの注意点で、間違っているのはどれでしょう？

　　Ⓐ：個人宛であれば「様」となる

　　Ⓑ：会社や部署あてであれば「御中」となる

　　Ⓒ：採用担当者の個人名、会社名、部署名順で記載する

② 「頭語」、「結語」の対の表現で正しいのは？

　　Ⓐ：「拝啓」「敬具」

　　Ⓑ：「謹啓」「草々」

　　Ⓒ：「前略」「謹白」

③ 社外文書の一文。間違っているのはどれ？

　　Ⓐ：「書類をお送りいただきたくお願い申し上げます」

　　Ⓑ：「書類をお送りくださいますようお願い申し上げます」

　　Ⓒ：「書類をお送りしていただきたくお願い申し上げます」

2、次の時候のあいさつは何月のものですか。解答欄の（　　　）の中に月名を書きなさい。

①（　　　）薫風の候、貴社ますますご清栄のこととお喜び申し上げます。

②（　　　）早春の候、貴事務所いよいよご清祥のことと大慶に存じます。

③（　　　）厳寒の候、貴店ますますご隆盛の段、大慶に存じます。

④（　　　）霜降の候、貴行いっそうご繁栄のご様子、心からお祝い申し上げます。

⑤（　　　）錦秋の候、貴職ますますご健勝のこととお喜び申し上げます。

⑥（　　　）秋暑の候、貴殿ますますご清祥のこととお喜び申し上げます。

附錄 1/ 中文翻譯

▶第 1 課　求職活動

■ 談話

1、日本的論資排輩制度

Ⓐ：所謂的論資排輩制度，即是按照年齡及工作年資的增加，提高薪資，調升職位。

Ⓑ：不管能力高或低的人都一樣的嗎？

Ⓐ：不是，因爲每個人的能力及發展性不同，所以升級和加薪的幅度也有差別。可是基本上這個制度是，每個人都會有定期升級和加薪的機會。

Ⓑ：是喔，這和歐美等國家有很大的不同。

2、日本的終身雇用制度

Ⓐ：所謂的終身雇用制度，即是一旦進入某家公司後，到退休時都是在同一家公司工作。

Ⓑ：我有聽說過。

Ⓐ：可是，最近終身雇用制度逐漸瓦解，跳槽轉行的人也開始增加。像我的朋友也都不太有在同一家公司一直工作到退休的觀念。

Ⓑ：是喔，近來日本的雇用制度，眞的開始出現了很大的轉變。

3、日本人的集團意識

Ⓐ：爲了改善加強群體內的人際關係，集團意識的存在是很重要的。日本人常被說集團意識有點太強了。

Ⓑ：確實如此，若是集團意識太強的話，就會在意周遭人的眼光，行為也會受到很多的影響。

Ⓐ：這是日本人之所以不清楚地說「不」的原因吧！

Ⓑ：正是如此，因為要顧慮到對方的想法和立場，才能回答。因此，變成怎麼也無法清楚地說出自己的想法。

■ 會話：求職活動

陳　：在日本，你們都是從大學 3 年級秋天左右，到各個公司拜訪，接受面試或考試的吧！

中村：對啊，然後會統一在每年 4 月份時，錄取大學畢業生為新職員。

陳　：是這樣啊，這和台灣有很大的不同。台灣大多是從夏天到秋天這段期間，進行求職活動，進入公司工作的時間也不固定。

中村：真的是每個國家都不一樣耶！話說回來，陳小姐妳的求職活動進行得還順利嗎？

陳　：怎麼也找不到自己喜歡的工作。

中村：是喔，你是如何找工作的呢？

陳　：主要是看報紙的求職欄或徵才雜誌，還有從網路的徵才網站上尋找。

中村：那也是不錯的方法，但是聽說最近日系企業，大多是委託人力派遣公司或人力銀行徵才。

陳　：是喔，登記的手續會不會很困難呢？

中村：很簡單，你只要去人力派遣公司或人力銀行登記就可以了。而且，你不需要特地跑一趟，可以在網路的網頁上登記申請就可以了。

陳　：這樣真的很方便耶！對了，那登記申請的費用，要花多少錢

呢？

中村：登記和介紹都是免費的。因爲它的制度是錄取後，由企業來支
　　　付這個手續費。

陳　：這眞是太好了。我要趕快來登記申請看看。

▶第 3 課　面試

■ 談話

1、關於面試者個人的問題

　　①面試官：你有什麼樣的技能或證照嗎？

　　　求職者：我有日本語能力檢定 1 級和全民英檢中級的證照。而
　　　　　　　且，我最近正準備報考秘書檢定 2 級的考試。

　　②面試官：請你說一下你的優點。

　　　求職者：朋友都說我的個性很開朗。我自己則是覺得，重視珍
　　　　　　　惜朋友及擁有強烈的責任感是我的優點。

2、關於在校學生生活的問題

　　①面試官：你有打工的經驗嗎？

　　　求職者：有，我有打工的經驗。我主要是在便利商店，從事結
　　　　　　　帳及陳列商品等工作。我之所以會去打工，是因爲想
　　　　　　　要用打工所賺的錢，購買自己想要買的東西。

　　②面試官：關於志工活動，你的想法是什麼呢？

　　　求職者：我曾經在暑假時，拜訪過老人院，幫忙過一些看護的
　　　　　　　工作。經由這個經驗，我了解到志工活動是，分享心
　　　　　　　靈交流的喜悅以及能夠互相學習的好方法。

3、關於公司的問題

    ①面試官：你知道我們公司的業務內容嗎？

      求職者：知道，貴公司主要是在中國的工廠製造生產衣物，然後將其批售給全國各地有經營權契約的店家。我也曾經買過好幾次貴公司的產品。

    ②面試官：請你說一下你的應徵動機。

      求職者：在學校的求職說明會上，邀請了已經在貴公司工作的學長分享求職經驗。當時，我對學長的印象很好，而且學長也親切地給予我許多的建議。聽了學長對於貴公司的詳細介紹，讓我決定應徵貴公司的工作。

■ 會話：參加面試

陳　　　：……（敲門）……

面試官：請進。

陳　　　：容我失禮。

      ……（關上門後轉身行禮）……

      我是陳雨萌。請多指教。

      ……（報上姓名後行禮）……

面試官：陳雨萌小姐請坐。

陳　　　：謝謝。容我失禮。

      ……（行禮後，在椅子一半的地方坐下）……

面試官：那麼就開始面試。首先請你先簡單地自我介紹。

陳　　　：好的。我的名字是陳雨萌。今年六月從名城大學日本語學系畢業。言語科目較為拿手，我非常喜歡學習英文和日文。日語當然不用說，也很努力地學習英文。

面試官：那麼你的日文似乎沒有什麼問題。

陳　　：尚未十全十美，但日常會話沒有問題。

面試官：我想也是。那麼請告訴我應徵本公司的理由。

陳　　：是的。首先是因為貴公司在招募日文業務企劃。而且我對貴
　　　　公司產品開發力及未來的發展前途很有信心。

面試官：業務企劃對身心來說都是非常辛苦的工作，你沒問題嗎？

陳　　：我對身體健康很有自信。而且因為不認輸的個性，相信我不
　　　　會因為小事而放棄。

面試官：真是值得信賴喔！那麼，陳小姐妳有沒有什麼問題想要問的
　　　　呢？

陳　　：沒有，我沒有特別要問的問題。

面試官：好，那麼面試到此結束。

陳　　：今天謝謝您了。請多多照顧。
　　　　……（起立後站在椅子旁邊行禮）……

▶ 第 4 課　了解敬語

■ 談話

1、請讓我～

① Ａ：我是擔任新產品企劃東京貿易的佐藤。請多指教。

　　Ｂ：總是受您照顧。我是營業部的池內。請多指教。

② Ａ：這是國內分公司的一覽表。請看一下。

　　Ｂ：謝謝。請讓我看看。

2、可以～嗎？

① Ａ：對不起，可以將約定時間從 3 點改成 4 點嗎？

Ⓑ：知道了，那麼 4 點時敬候您的光臨。

② Ⓐ：對不起，可以請您今天內將估價單寄送給我嗎？

Ⓑ：知道了。

3、請您～

① Ⓐ：想要跟您討論一下關於契約條件的事情。

Ⓑ：知道了。這 2、3 天內我會和你聯絡。

② Ⓐ：對不起，可以請您在這裡稍等一下嗎？

Ⓑ：好，知道了。

■ 會話：關於敬語

中村：陳小姐你在看什麼書呢？

陳　：這個嗎？這本書是日本商務禮儀。

中村：是怎麼樣的內容呢？

陳　：這本書是介紹日本一般的禮節及日本人習慣使用的商務禮儀。

中村：真有趣！也有介紹在商務場合所使用的敬語嗎？

陳　：有，也有敬語。話說回來，我剛好想要請教你一些語言措詞的
　　　問題。

中村：什麼呢？

陳　：在日本社會中，工作時敬語很重要嗎？

中村：是的，因為必須留意年齡及地位高低等問題，所以對於公司員
　　　工來說，敬語的使用是很重要的。

陳　：我真的很怕敬語。

中村：日本人也有很多人不擅長敬語。特別是年輕人用詞混亂，近來
　　　逐漸無法使用正確的敬語。

陳　：也就是所謂年輕人敬語的問題吧！

中村：正是如此。最近的年輕人接觸敬語的機會減少，更可惜的是早幾年進公司的前輩們的敬語也不見得全部正確。

陳　：這個我聽說過。也有人即使工作了好幾年，還是不懂正確的敬語。

中村：對啊！

陳　：敬語果然很難。要怎麼做才能夠學好正確的敬語呢？

中村：翻開像陳小姐正在讀的日本商務禮儀這樣的專門講解書籍就可以了啊。

陳　：我知道這是最好的方法，但是可不可以請你更簡單地告訴我說「這個不行」的敬語呢？

中村：無法一概地去斷定說「這個」就是不行使用的語言措詞。因為根據當時的情況及所應對的人，有各式各樣應該避諱的語言措詞。

陳　：或許還是要不怕犯錯，自己積極地開口練習才是最好的方法吧！

中村：沒錯。若是在不適當的場合說出不適當的語言措詞時，周遭的上司或前輩應該會糾正我們。這時候將被糾正的內容好好地記住就是「最好的學習」。

陳　：我知道了，謝謝！

▶第 5 課　招呼

■ 談話

1、進公司時的招呼

Ⓐ：早安。

Ⓑ：早安。

Ⓐ：昨天謝謝您的招待。真的很感謝大家為我所舉辦的歡迎會。

Ⓑ：不用客氣。鈴木先生後來你有參加二次會嗎？

Ⓐ：有，歡迎會後的聚會說是二次會，田中先生將我帶到了另一家店。

2、離開公司時的招呼

Ⓐ：還不回家嗎？

Ⓑ：還沒，明天會議的準備資料還沒有完成。今天必須要將這些資料收集齊全。

Ⓐ：這樣啊。真是辛苦！有沒有我可以幫忙的事情呢？

Ⓑ：謝謝。我一個人沒有問題。因為再差一點就完成了。

Ⓐ：這樣啊。那我就先回去了。

Ⓑ：辛苦了。

3、久別重逢時的招呼

Ⓐ：好久不見。

Ⓑ：對啊。最近一切還好嗎？

Ⓐ：託您的福，還過得去。

Ⓑ：暑假過得如何啊？有到哪兒玩嗎？

Ⓐ：剛和妻子從北海道玩回來。

■ 會話－1：招呼後的簡短交談

陳　：早安。

池內：早安。

陳　：昨天謝謝您教了我這麼多東西。

池內：不用客氣。

陳　：今天風眞大耶！

池內：對啊，這是春一番。

陳　：春一番是什麼？

池內：這是初春颳的第一場較強的南風。

陳　：這樣啊。每年都是現在這個時候颳起嗎？

池內：不是，據說今年是目前爲止最早的一次。你不覺得今天很暖和嗎？

陳　：聽你這麼一說好像是耶。

池內：春天就快要到了喔！

■ 會話－2：外出時的招呼

池內：陳小姐有點事想要麻煩你。

陳　：是，有什麼事呢？

池內：可以請你將這個估價單送到東京貿易嗎？

陳　：好，知道了。這要幾點前送過去呢？

池內：可以拜託你2點前嗎？

陳　：好，知道了。那麼，我準備一下。大概4點左右會回到公司。

池內：知道了。

陳　：有沒有什麼事情要我轉告對方的呢？

池內：沒有特別需要轉達的，但若是和東京貿易在交涉時遇到困難

時，請你打一通電話回來公司。

陳　：知道了。那麼我走了。

池內：小心喔！

▶第 6 課　介紹

■ 談話

1、在所屬部門自我介紹

Ⓐ：初次見面，我是從今天起在此工作的陳。我會努力盡快熟
悉工作內容，請多指教。

Ⓑ：我是池內。彼此彼此，請多指教。有任何不懂的地方，請
不要客氣盡管問。

2、歡迎会上的自我介紹

Ⓐ：我是這次的新進職員陳雨萌。陳是陳列的陳、雨是雨女的
雨、萌是草字頭下面加上明、發芽的意思。今天謝謝大家
為我舉行這樣的宴會。很高興能在這個公司踏出我成為社
會一員的第一步。認真誠實是我的優點。尚未熟悉工作前
可能會增添各位的困擾，請多多指教。

3、沒有名片的時候

Ⓐ：鈴木部長，這位是敝公司的營業部長藤田。部長，這位是
開發部長鈴木先生。

Ⓑ：我是中日商事營業部的藤田。池內承蒙你們的照顧了。
……（交換名片）……

Ⓒ：謝謝你的名片。我是鈴木。很抱歉我名片剛好用完了。

■ 會話－1：介紹新進職員

藤田：要向各位介紹從今天開始在我們部門工作的陳小姐。請陳小姐和大家問好一下。

陳　：我是這次的新進職員陳雨萌。我會努力工作，請大家多多指教。

藤田：陳小姐在大學時學習了四年日文。這次以優秀的成績通過了本公司的考試。

陳　：沒有啦。因爲這是我第一次在日本公司工作，所以感到非常的不安。尚未熟悉工作前可能會增添各位的困擾，請多多指教。

池內：初次見面，我是池內。我也是去年才進入這家公司，只比你早一點，我們一起努力吧！

石原：你好，我是石原。在這裡面我或許是最資深的吧。這裡的事情我應該都知道，有任何不懂的地方，請不要客氣盡管問。

藤田：石原，關於陳小姐的工作，我想說讓她先擔任你的助理，你覺得如何呢？

石原：好啊！剛好我也正在煩惱人手不足的問題，眞是太好了！

藤田：那麼就這樣喔！等一下請池內帶陳小姐認識一下周遭的環境。

池內：好，知道了。陳小姐，我帶你到會議室。這裡是會議室。那裡是茶水間及洗手間。

陳　：對不起，請問我的座位在哪裡呢？

池內：我帶你過去。

■ 會話－2：介紹新負責人給客戶

石原：總是受您照顧。這次因爲更換了負責貴公司業務的人，所以藉拜訪貴公司之便，順便將接任的負責人員帶過來。

佐藤：您眞是太客氣了。

石原：這位是接任我的陳小姐。請如同照顧我一樣多加關照。

陳　：初次見面。我是這次負責貴公司業務的陳。

　　　……（交換名片）……

佐藤：謝謝你的名片。我是佐藤。

　　　……（交換名片）……

陳　：謝謝你的名片。對不起，請問你的名字要怎麼唸呢？

佐藤：唸成「よしなり」。

陳　：「さとうよしなり」先生是嗎。今後請多指教。

佐藤：彼此彼此，今後請多指教。這次負責人年紀很輕喔！

石原：是啊，雖然年輕但非常可靠，請多多指教。

陳　：我會竭盡全力努力，請多多指教。

佐藤：陳小姐來自哪個國家呢？

陳　：台灣。

佐藤：日文說得很好喔！

石原：在工作方面也完全沒有問題。

陳　：但日文的微妙語感還不能掌握得很好。

佐藤：這樣就已經很厲害了！今後還有很多往來的機會，請多多指
　　　教。

陳　：尚未熟悉工作前，可能會有很多事情需要請教您的，還請多多
　　　指教。

▶第 7 課 報告‧聯絡‧商談

■ 談話

1、報告

   Ⓐ：部長、在您忙碌時打擾您眞是抱歉。

   Ⓑ：有什麼事呢？

   Ⓐ：關於新產品，有事情要向您報告，您現在方便嗎？

   Ⓑ：可以。請你現在立刻告訴我。

   Ⓐ：好，這是新完成的這星期接受訂貨表，請您看一下。

   Ⓑ：比上個月多 5％。對於這個，你有什麼想法呢？

2、聯絡—遲到

   Ⓐ：早安。這裡是東京貿易。

   Ⓑ：早安。我是吉田。

   Ⓐ：吉田先生，有什麼事情嗎？

   Ⓑ：因爲遇到電車事故，可能會遲到，所以打電話跟公司聯絡。

   Ⓐ：這樣啊。知道了。向部長說一聲就可以了嗎？

   Ⓑ：是的，拜託你了。

3、聯絡—業務

   Ⓐ：工作相關的會議聯絡雖然大部分都是使用電子郵件，但有時也會用書面文件聯絡嗎？

   Ⓑ：如果是重要會議，電子郵件和書面文件會同時送達。但是聽說不久後將統一爲電子郵件。

   Ⓐ：如此一來，書面文件將會消失，朝向無紙本化的方向。

   Ⓑ：對啊，這和企業提升工作效率及節省成本的方針相符合。

4、商談

Ⓐ：前輩，下班前真得很抱歉。可以耽誤您 10 分鐘左右嗎？

Ⓑ：可以啊，有什麼事呢？

Ⓐ：剛剛收到了一封客戶傳來的抱怨電子郵件，我在想該怎麼辦呢？

Ⓑ：讓我看一下。

Ⓐ：順道一提，這是參考資料。

Ⓑ：這個很嚴重。最好立刻向部長報告。

■ 會話－1：申請休假批准

石原：這裡是中日商事營業部。

池內：早安。我是池內。

石原：池內先生，早安。

池內：因為昨晚開始身體不舒服又發燒。因此想請您允許我今天休息。

石原：這真是不得了啊！你有去看醫生了嗎？

池內：有，剛剛已經吃藥了，我想休息一下就會好了。

石原：池內先生每天都很認真工作，或許是太累了才生病的。我知道了。我會告訴部長，你今天就好好地休息吧。

池內：謝謝。然後我桌子上有昨天完成要給東京貿易的銷售企劃書，這個預計今天要送出去。很抱歉可以麻煩您嗎？

石原：知道了。我今天會將這個銷售企劃書送達東京貿易，你不要擔心工作的事情了。

池內：很抱歉增添你的困擾，那就拜託您了。

石原：請保重。

……（隔天）……

池內：石原先生，昨天突然休息，真的很抱歉。

石原：池內先生，你沒事了嗎？

池內：託您的福，已經好多了。

石原：聽說今年的流行性感冒很嚴重耶。

池內：對啊，我突然發燒，真是倒楣。

石原：請你要多加保重。

■ 會話－2：指示、催促、報告

藤田：現在方便嗎？

石原：好，可以啊。

藤田：想要拜託你負責這次的新商品問卷調查，可以嗎？

石原：好，若是能不辜負您的期望將感到很榮幸。

藤田：那麼，拜託你了。

石原：知道了。

……（改日）……

藤田：石原先生，那個進行得如何呢？

石原：你說的那個是什麼呢？

藤田：就是這次新商品的問卷調查啊。

石原：很抱歉這麼晚才向您報告。大致上已經統整得差不多了，但可
　　　不可以請您再給我一些時間呢？

藤田：那麼，只有概要也可以，請你今天之內交給我。

石原：其實，我正在準備明天會議用的資料。因為似乎還需要花一點
　　　時間，請問我應該先做哪一件事情呢？

藤田：這樣啊。那麼，後天之前可以完成嗎？

石原：好，知道了。一完成，我會立刻向您報告。

　　　……（後天）……

石原：很抱歉工作中打擾您。現在方便嗎？

藤田：可以啊，什麼事情呢？

石原：想要向您報告關於這次新商品的問卷調查的事情。

藤田：請你趕緊報告目前的狀況。

石原：好，詳細的情況都已經整理在這份問卷調查報告書中了。請您
　　　先看一下。

藤田：原來如此，情況不太好耶。

石原：是的，正確的數字還未完全掌握，但消費者的滲透度連 20% 都
　　　尚未達。

藤田：石原先生，對於這個結果你有什麼想法？

石原：爲了促進消費者的購買慾望，我想是不是有進行減價優惠的需
　　　要呢？

藤田：基本上這是不錯的意見，但這已經和團隊磋商過了嗎？

石原：現在還沒有。我想要盡可能趕快針對這件事情開個會。

藤田：那麼，明天會議就將這個案子提出來討論吧。

▶第 8 課　打電話

■ 談話

1、轉接電話

　　Ⓐ：這裡是東京貿易。

　　Ⓑ：打擾了。我是中日商事的池內。

　　Ⓐ：總是受您照顧。您是中日商事的池內先生吧。

Ⓑ：總是受您照顧。鈴木部長在嗎？

Ⓐ：鈴木嗎？我看一下，請您稍等一下。

2、接到打錯的電話

Ⓐ：我們這裡是東京貿易耶……

Ⓑ：這樣啊。我手邊的電話號碼是「03-1234-5678」，請問您
那裡是這個電話號碼沒錯吧？

Ⓐ：號碼是這樣沒錯，可是您好像打錯了。

Ⓑ：這樣喔。好像打錯了。對不起。

Ⓐ：沒關係，那麼我掛電話了。

3、確認轉接的對象

Ⓐ：謝謝您的來電。這裡是東京貿易。

Ⓑ：我是中日商事的池內，麻煩找吉田先生。

Ⓐ：這裡有兩位吉田耶。

Ⓑ：女性的那位。

Ⓐ：知道了。請稍等一下。

■ 會話：電話轉接

吉田：這裡是東京貿易。

石原：我是中日商事的石原。對不起，請問佐藤先生在嗎？（聲音很
小）

吉田：對不起，電話好像有點聽不太清楚，請您再說一次？

石原：對不起，因為現在在收訊不好的地方，我可以五分鐘後再打電
話給您嗎？

吉田：好。我知道了。

……（數分鐘後）……

石原：對不起，我是剛才打過電話的石原。

吉田：中日商事的石原先生嗎？總是受您照顧。

石原：彼此彼此，總是受您照顧。對不起，請問佐藤先生在嗎？

吉田：在，現在立刻將電話轉給佐藤，請稍等一下。

　　　……按下保留鍵轉接電話……

吉田：佐藤先生，中日商事的石原先生在3號線電話等您。

佐藤：好。

　　　……（轉接電話）……

佐藤：電話換人了。我是佐藤。

石原：很抱歉百忙之中打擾您。我是中日商事的石原。

佐藤：石原先生，總是受您照顧。

石原：彼此彼此，總是受您照顧。其實這次打電話給您是爲了本公司新商品的事情，想說最近可不可以請您撥個時間談一下呢？

佐藤：這樣啊。我明天有約所以不太方便。如果是後天早上9點半左右的話，應該有時間。

石原：我知道了。那麼，後天星期五早上9點半可以嗎？

佐藤：這樣可以啊。

石原：那麼，後天再去拜訪您。

佐藤：靜候您的到來。

石原：謝謝，那就失禮了。

▶第9課　打電話

■ 談話

1、重新撥打電話

Ⓐ：對不起，鈴木現在外出不在公司。

Ⓑ：預定幾點左右會回公司呢？

Ⓐ：預定5點會回來。

Ⓑ：那麼，5點我會再打一次電話。

Ⓐ：增添您的困擾，那就麻煩您了。

2、請對方打電話給你

Ⓐ：對不起，石原現在不在座位上。

Ⓑ：可以請他回來後立刻打電話給我嗎？

Ⓐ：知道了，我會確實傳達，請他打電話給您。

Ⓑ：那麼，拜託您了。

Ⓐ：我是池內。那就失禮了。

3、請對方轉達事情

Ⓐ：對不起，藤田部長今天休假。預定明天會來公司。如果方便的話，可以請您告訴我有什麼事情嗎？

Ⓑ：這樣啊。其實明天本來預定到貴公司拜訪，但是因為有些急事，所以無法過去。詳細情況我會再和部長聯絡，可以請您先將這件事情轉告藤田部長嗎？

Ⓐ：知道了。我會轉告藤田部長您原先預定拜訪本公司，但現在無法過來了的事情。

Ⓑ：拜託您了。

■ 會話：代為留言

大野：讓您久等了。這裡是東京貿易。

石原：對不起百忙之中打擾您。請問鈴木部長在嗎？

大野：鈴木嗎？對不起，真是不湊巧，鈴木外出不在公司。容我失禮，請問您是？

石原：我說晚了。我是中日商事的石原。

大野：中日商事的石原先生啊。那您要我怎麼做呢？

石原：對不起，那請問鈴木部長大概幾點會回公司呢？

大野：今天是預定不回公司直接回家。如果方便的話，可以請您告訴我有什麼事情嗎？

石原：那麼可以麻煩您嗎？

大野：可以啊，請說。

石原：可以請你轉告部長我會將估價單傳真過去，請他看過後打個電話給我嗎？

大野：好，知道了。那麼我再覆述一遍。看過您所寄來的傳真後，請他打電話給您，這樣可以嗎？

石原：是的。

大野：那麼，鈴木回來後我會轉告他。為了慎重起見，可以請您告訴我您的電話號碼嗎？

石原：03 － 1586 － 1805。

大野：03 － 1586 － 1805，對吧？

石原：對，沒錯。

大野：我已經記下來了。我是大野。

石原：那麼就拜託您了。

大野：好，我知道了。

石原：那麼，容我失禮了。

▶第 10 課　預約

■ 談話

1、約見面時間

Ⓐ：總是受您照顧。請恕我免去客套，關於下星期展示會的事情，想要事先和您碰面商量一下，可以請您撥個時間嗎？

Ⓑ：這樣啊。那麼後天如何呢？

Ⓐ：好，沒問題。那麼幾點過去拜訪您呢？

Ⓑ：可以請你大概 10 點過來嗎？

Ⓐ：知道了。那麼後天星期三上午 10 點時，我會過去拜訪您。

2、變更見面時間

Ⓐ：對不起。因為星期三忽然有些事情，所以無法過去拜訪您。

Ⓑ：這樣啊。

Ⓐ：因此想要請問您，是否可以變更一下約定的日期呢？

Ⓑ：星期四的話沒問題。

Ⓐ：謝謝。那麼，星期四 10 點，我會過去拜訪您。提出這樣任性的要求，真的非常地抱歉。那麼就拜託您了。

3、和不認識的人約定見面時間

Ⓐ：我是藤原。

Ⓑ：很抱歉突然打電話給您。我是東京貿易的佐藤。前幾天有寄送給您敝公司新商品的參考資料，請問您看過了嗎？

Ⓐ：是的，我看過了。

Ⓑ：謝謝。其實是想說最近有沒有機會過去拜訪您，向您說明一下關於這個新商品的事情。

Ⓐ：星期四上午的話沒有問題。

Ⓑ：好，那麼就拜託您了。

■ 會話：約定見面時間的方法

佐藤：這裡是東京貿易開發部。

池內：總是承蒙您的照顧。我是中日商事的池內，請問佐藤先生在嗎？

佐藤：我就是。彼此彼此，總是承蒙您的照顧。今天有什麼事情嗎？

池內：其實是這樣的，這次本公司開始提供新的商品。如果您方便的話，想要過去向您做個詳細的說明，可不可以給我們一點時間呢？

佐藤：這樣啊。那麼，下星期四上午可以請您過來嗎？

池內：對不起。非常不湊巧，那天剛好有事情無法抽身。如果可以的話，可以拜託您改天嗎？

佐藤：這樣啊。那麼，星期五上午如何呢？

池內：好，沒問題。那麼，時間您大概幾點方便呢？

佐藤：請您 10 點到我們工廠辦公室。

池內：知道了。那麼，下星期五 10 點我會過去拜訪您，請多指教。

佐藤：靜候您的光臨。

池內：好，那麼容我先失禮了。

▶第 11 課　公司拜訪和接待客人

■ 談話

1、耽誤約定，請求對方的諒解

　　Ⓐ：對不起。我原先是預定 10 點時到貴公司拜訪的，但因為一
　　　　些事情，所以大概會遲到 30 分鐘，可以請您等一下嗎？

　　Ⓑ：好，沒有關係。

　　Ⓐ：百忙之中還增添您的困擾，真的非常抱歉。我會趕緊過去，
　　　　還請多指教。

　　Ⓑ：好，靜候您的光臨。

2、有事先約定的情況

　　Ⓐ：對不起。我是中日商事的池內。

　　Ⓑ：歡迎光臨。對不起，請問您有什麼事情嗎？

　　Ⓐ：我 10 點和開發部的佐藤先生有約，可以請您幫我轉達嗎？

　　Ⓑ：知道了。請您先坐在那邊的椅子上等一下。

　　　　……（數分鐘後）……

　　Ⓑ：讓您久等了。那麼請您和我過來。用電梯右手邊的內線電
　　　　話，按下 666，佐藤就會過來了。

　　Ⓐ：666 嗎？我知道了，謝謝。

3、沒有事先約定的情況

　　Ⓐ：歡迎光臨。

　　Ⓑ：對不起。我是中日商事的石原。開發部的佐藤先生在嗎？
　　　　我並沒有事先和佐藤先生約定，因為剛好到這附近，所以
　　　　想說打一下招呼。

　　Ⓐ：對不起。佐藤今天休假，請問有什麼可以幫您的嗎？

Ⓑ：這樣啊。那麼，我下次再過來拜訪。

Ⓐ：您特地過來卻這樣，真的非常抱歉。

Ⓑ：沒關係，我才不好意思呢，突然過來拜訪。

4、引導至會客室

Ⓐ：讓您久等了。我帶您到 2 樓會客室。這邊請。

Ⓑ：好的，麻煩您了。

Ⓐ：這裡有台階，請小心您的腳步。

Ⓑ：謝謝。

Ⓐ：就是這裡。請進。吉田立刻會過來，請您稍等一下。

■ 會話－1：接待處的轉接

吉田：歡迎光臨。

池內：百忙之中打擾您。我是中日商事的池內，承蒙您的照顧。我和
開發部的佐藤先生 10 點有約，因此過來拜訪。

吉田：池內先生嗎？我們正在等您呢。我現在立刻去叫佐藤，請您先
坐在那邊的椅子上等一下。

池內：好，麻煩您了。

吉田：讓您久等了。不湊巧地會議拖長了時間，非常地抱歉。我想應
該再 20 分鐘左右就會結束了，可以請您等一下嗎？

池內：這樣啊。我會在這裡等。

吉田：對不起。我現在立刻端茶過來。

池內：請您不用客氣。

　　　……（20 分後）……

吉田：讓您久等了。佐藤現在在會客室等您。我帶您過去會客室，請
往這邊走。

池內：麻煩您了。

吉田：現在要坐電梯到五樓。

池內：謝謝。

吉田：就是這裡了。

　　　……（敲門進入）……

吉田：失禮了。部長，東京貿易的池內先生已經過來了。

佐藤：讓您久等了，真的非常抱歉。

池內：沒關係。今天謝謝您特地撥出時間。

佐藤：今天有什麼事情呢？

池內：那我就不客套了，關於前幾天的事情，請問您研究得怎麼樣
　　　呢？

佐藤：很不好意思。我們討論過這件事情了，結論是可能無法按照貴
　　　公司期望進行。

■ 會話－２：在會客室會面

吉田：歡迎光臨。

池內：對不起。我是中日商事的池內，可以幫我轉接開發部長鈴木先
　　　生嗎？

吉田：對不起，請問您和鈴木有約嗎？

池內：有，約２點。

吉田：很抱歉失禮了。您確實有事先約定時間。我現在就帶您過去會
　　　客室。請這邊走。

池內：謝謝。

　　　……（會客室）……

吉田：鈴木立刻就會過來了，請您坐在那裡稍等一下。

吉田：茶不怎麼好，請喝一點。

池內：請不用客氣。

……（經過一會兒）……

鈴木：讓您久等了。今天有什麼事情呢？

池內：百忙之中還打擾您眞是抱歉。這次敝公司開發成功了新商品，想說務必請貴公司研究一下，是否可以嘗試著用看看呢？

鈴木：這樣啊。

池內：這個商品和一般市面上的商品比較起來，大幅改善了它的持久力。

……（20分後）……

鈴木：還想要再和您多談一些。但是不巧今天3點開始有個會議。

池內：百忙之中打擾您了，對不起。那麼，希望因爲這次的面談，今後可以有機會多多請教。

鈴木：好，我明天就會開會討論，盡快回覆您。

池內：拜託您了。今天謝謝您這麼忙還給我這個機會。眞的打擾您太久了。

鈴木：不會，彼此彼此。那麼，我帶您到大門，請這邊走。

附録 2/ 解答

▶第 1 課　就職活動

■ 確認クイズ
① e ② a ③ d ④ b ⑤ c ⑥ g ⑦ f ⑧ h

■ 談話
1、日本の年功序列

Ⓐ：年功序列というのは、年齢が増し、<u>働いた年数が長くな</u>
<u>れば</u>、給料も高くなり上の地位に昇進するということで
す。

Ⓑ：能力の高い人も低い人も皆同じなんですか。

Ⓐ：いいえ、<u>能力や将来性など</u>は人によって違いますから、
昇給や昇進はそれによって差があります。でも基本的に
は定期的に昇給し昇進するというシステムです。

Ⓑ：そうなんですか。<u>欧米など</u>とはだいぶ違いますね。

2、日本の終身雇用制度

Ⓐ：終身雇用制度というのは、<u>一度ある会社に入ったら定年</u>
<u>まで</u>そこに勤めることです。

Ⓑ：それは聞いたことがあります。

Ⓐ：でも、最近は<u>終身雇用制度が崩れていて</u>、転職する人が
増えています。わたしの友達なんかも定年まで同じ会社
にいるという意識はあまりないようです。

Ⓑ：そうですか。今、日本の雇用制度は、<u>大きく変わり始め</u>

ているんですね。

3、日本人の集団意識

Ⓐ：集団意識はグループ内の人間関係をよいものにしていく
ために大切なものです。日本人は少し<u>集団意識が強いと</u>
言われていますね。

Ⓑ：はい、確かにそうですが、集団意識が強くなりすぎると、
まわりの人が自分についてどう思うか気にして、<u>行動に</u>
<u>も影響を受ける</u>ことが多くなるんですよ。

Ⓐ：それで、日本人ははっきり「いいえ」と言わないんですね。

Ⓑ：そのとおりです。<u>相手の気持ちや立場を考えながら</u>発言
するようになりますから、どうしてもはっきりと自分の
意見を言わなくなってしまうんですよ。

■ 会話：就職活動

陳　：日本では、<u>大学3年の秋ごろ</u>から希望の会社を訪問して、面
接や試験を受けますね。

中村：はい、そうです。それから毎年大学などを卒業した者を新入
社員として4月にいっせいに採用します。

陳　：そうなんですか。台湾とはだいぶ違うんですね。台湾では、
夏から秋に就職活動をやる人が多く、<u>入社の時期も特に決ま</u>
<u>っていない</u>んです。

中村：国によっていろいろと違いますね。そういえば、陳さんの就
職活動はうまく行っているんですか。

陳　：なかなか気に入った仕事が見つからないんですが。

中村：そうですか。<u>どんな探し方を</u>していますか。

陳　：主に新聞の求人欄や求人情報誌、それにインターネットの求
　　　人情報サイトで探しているんですが。

中村：それもいい方法ですが、最近日系の商社などでは、人材派遣
　　　会社や人材バンクへ求人を頼む場合が多いそうですよ。

陳　：そうなんですか。登録の手続きは難しくないんでしょうか。

中村：簡単ですよ。人材派遣会社か人材バンクに行って登録するだ
　　　けでいいんですよ。それに、わざわざ行かなくても、インタ
　　　ーネットのホームページからも登録が可能ですし。

陳　：それだったら便利ですね。ところで、登録の費用はどのくら
　　　いかかるんでしょうか。

中村：登録も紹介も無料ですよ。採用されたときに、その手数料を
　　　企業が支払うシステムになっていますから。

陳　：それはいいですね。早速登録してみます。

■ ビジネスコラム：職業適性チェック

A を多く選んだあなたは、「仕事内容」重視タイプ

B を多く選んだあなたは、「人間関係・社風」重視タイプ

C を多く選んだあなたは、「給与・評価」重視タイプ

D を多く選んだあなたは、「勤務時間・休日」重視タイプ

■ 練習

1、

① （　○　）正しい言葉使いは、ビジネスシーンなどでの人間関係
　　　　　　を円滑にする大切な要素。敬語はぜひ押さえておきた
　　　　　　い。

② （　×　）関係者との協力や助言を得てすることが大切。

③（　×　）できる仕事だけやっていては、能力向上につながらない。

④（　○　）基本的なマナーを身に付け、誰とでも感じよく接するように心掛ける。

⑤（　×　）仕事は自己満足のためのものではない。期限や効率を考えてする。

⑥（　○　）常にベストな状態で仕事をこなすために、体調を維持する健康管理は欠かせない。ビジネスの場では、時間管理と金銭管理が特に重要である。

2、

① A
登録も紹介も無料である。採用されたときに、その手数料を企業が支払うシステムになっている。

② C
エントリーシートは、会社説明会の参加者や採用試験の応募者を対象に、企業が書かせる、独自の登録用紙のことである。

③ B
専務は「専務取締役」の略。企業の経営に取り組む取締役の中に設けられる役職のひとつで、多く の場合社長や副社長の下、常務の上に位置する役職となっている。

▶第２課　履歴書

■ 確認クイズ

① （　○　）

② （　×　）履歴書に嘘を書いてはいけない。但し、マイナスポイントとして卑屈に捉えるのではなく、適切な理由とともに書くとよい。

③ （　○　）正社員の応募なら基本的には履歴書の職歴欄にはアルバイトの職歴は記入しない。記入する場合は、応募職種と同類の仕事の場合や学校卒業後も正社員の経験がない場合や長期間の勤務の場合などである。

④ （　○　）

⑤ （　○　）

■ 練習

1、

① 　C

封筒の色は「白」色がベストです。清く正しい、潔白なイメージがある。茶封筒でも悪くは無いが、「安価」という印象もあるので、控えたほうがよいという人もいる。

② 　A

敬称は担当者に宛てるならば「様」、部署に宛てるならば「御中」で、「殿」は目下の人に用いるものなので使ってはいけない。また、役職を書く場合、例えば「部長　△△　△△様」となる。「△△　△△部長様」とならないようにしよう。

③　B

間違えた場合は、修正ペンや修正テープなどを使用してはいけ
ない。どれだけ書き込んだ後であっても白紙からまた書き直す
のが原則。

▶第3課　面接

■ 確認クイズ

①（　○　）緊張するのは構わないのだが、キョロキョロと目が
　　　　　　泳いだり、そわそわして落ち着きがないのはNG。ま
　　　　　　た、小さな声で自信がなさそうな態度もマイナスイメ
　　　　　　ージである。

②（　×　）話をするときには、相手の目を見て笑顔で答えるこ
　　　　　　と。意見を求められた場合にも笑顔で話すようにす
　　　　　　る。

③（　×　）質問の意味が分からない時、分からないまま曖昧な答
　　　　　　えはしない。「申し訳ございません。もう一度おっしゃ
　　　　　　っていただけますか。」と確認する。

④（　○　）お互いの会話がスムーズに進むためには、聞く姿勢
　　　　　　も大切である。面接官からの問いかけには、目を見て
　　　　　　笑顔で返事をする、うなずく、声に出して同意するな
　　　　　　ど、積極的に聞く姿勢を示すようにする。

⑤（　○　）転職や再就職の場合、前職場に関する悪口を述べるの
　　　　　　は、「不満ばかり言う人」と受け取られかねないので
　　　　　　注意して下さい。

⑥（　×　）自分の考えをわかりやすく伝える工夫をする。まず結論を述べる。聞かれたら理由を具体的に説明する。

⑦（　×　）第一印象を決定するいちばんの要素は見た目。印象管理には身だしなみや態度、表情が重要。

⑧（　×　）背もたれにもたれると姿勢が崩れ、緊張感のないイメージになる。また、椅子に深く腰掛けると、リラックスした形になり、自然に背中が曲がってしまう。椅子の前半分、または4分の3程度に腰掛け、背筋はまっすぐ伸ばす。

⑨（　○　）リクルートスーツの場合、黒または紺色であることが普通でそれ以外のスーツは基本的にはNG。

⑩（　×　）男性のスーツ・スタイルで最も相手の目を惹くのが『ネクタイ』。派手でない単色であればOK。柄は、ストライプ（斜線）、ドット、無地が一般的である。

⑪（　×　）採用面接に適したメイクのキーワードが「ナチュラルメイク」。「ナチュラル」とは、ノーメイクということでも、薄い化粧をするという意味でもない。生き生きとした自然な美しさを意図的に作り上げることをそう呼んでいるのである。

⑫（　×　）面接という「フォーマルなビジネスシーン」においては、基本的には、サンダルやミュールは、オススメできない。過度に飾りが付いていない「シンプルなデザインのパンプス」が、オススメである。

■ 談話

1、面接希望者個人への質問

　①面接官：どのような特技や資格がありますか。

　　求職者：はい、日本語能力試験１級、全民英語検定中級を持っています。また、近々秘書検定２級の試験を受験しようと思っています。

　②面接官：あなたの長所を言ってください。

　　求職者：はい。私は友人たちからは明るい性格だといわれています。自分では友達を大切にすることと、責任感が強いことが私の長所だと思います。

2、在学中の生活に関した質問

　①面接官：アルバイトの経験はありますか。

　　求職者：はい、アルバイトをしたことがあります。近所のコンビニエンスストアでレジや陳列などの作業を主に行っていました。アルバイトをした理由は、どうしても購入したいものがあり、自分で働いて手に入れたお金で買いたいと思ったためです。

　②面接官：ボランティア活動についてあなたはどう思いますか。

　　求職者：はい。私は夏休みなどに老人ホームを訪問して、介護のお手伝いなどをしたことがあります。その経験から、ボランティア活動は、心を通わせることの喜びを一緒に分かち合い、お互いに学び合えることだと思いました。

3、会社に対する質問

①面接官：<u>当社の業務内容</u>はご存知ですか。

求職者：はい、御社の業務内容は知っています。主に中国の工場で衣類全般の生産を行い、<u>フランチャイズ契約</u><u>している全国各地のお店</u>に卸している会社です。私も服の購入時に何度かお世話になりました。

②面接官：<u>志望動機</u>を言ってください。

求職者：学校で行われました就職説明会のとき、こちらの会社にすでに就職されている先輩が話をされました。そのときの、先輩の印象がとてもよく、またいろいろと親切にアドバイスして下さいました。そして、こちらの会社についても詳しく説明いただき、それをお聞きして、<u>私はぜひ入社したい</u>と思いました。

■ 会話：面接に行く

陳　　：……（ノック）……

面接官：どうぞお入りください。

陳　　：<u>失礼いたします。</u>

　　　　……（ドアを閉めたら向き直り、一礼）……

　　　　陳雨萌と申します。よろしくお願いいたします。

　　　　……（名乗ったら、一礼）……

面接官：陳雨萌さんですね。<u>どうぞお座りください。</u>

陳　　：はい、ありがとうございます。失礼いたします。

　　　　……（一礼の後、いすに半分ほど腰をかける）……

面接官：それでは<u>面接を始めます。</u>まずはじめに簡単に自己紹介を

お願いします。

陳　　：はい。私は陳雨萌と申します。今年の六月に名城大学の日本語学科を卒業しました。私は語学が比較的得意で、英語や日本語を勉強するのが大好きです。日本語は言うまでもなく、英語も一生懸命勉強しております。

面接官：じゃあ、日本語に関しては、あまり問題はなさそうですね。

陳　　：まだまだ完璧ではありませんが、日常会話は問題ないと思います。

面接官：そうでしょうね。では、当社をご希望になった理由をお聞かせください。

陳　　：そうですね。まず、御社で日本語の営業企画を募集されていたこと。それに、御社の製品開発力や将来性に何よりも期待しておりますから。

面接官：営業企画は肉体的にも精神的にも大変ハードな仕事ですが、大丈夫でしょうか。

陳　　：はい、健康には自信があります。それに、負けず嫌いな性格ですから、少々のことでは負けないつもりです。

面接官：そうですか。それは頼もしいですね。それでは陳さんのほうから、何かお聞きになりたいことがございますか。

陳　　：いいえ、特にありません。

面接官：そうですか。では、これで面接を終わります。

陳　　：本日はありがとうございました。是非よろしくお願いいたします。

　　　　……（起立していすの横に立って一礼）……

■ 練習

1、

① B

バッグは履歴書などが折らずに入るビジネスバッグを用意する。

② A

色は白（アパレル系は除きます。）が基本です。開襟のものが主流。

③ C

正解は３回。欧米ではトイレノックは２回。その他の部屋に入るときは３回以上ノックをする。日本では、ビジネスシーンにおいて３回以上ノックをするとうるさいので、３回と決めている。ドアを３回軽くノックする。「どうぞ。お入り下さい。」という声が聞こえたら、ドアを開ける。

④ B

落ち着いた態度で、担当者が来るまで静かに順番を待つ。担当者が来たら、すぐ立って明るくはっきりと挨拶をする。

2、

① あなたの希望職種を教えてください。

はい、あります。経理の仕事をしたいと考えています。そのために簿記やパソコンの勉強を行ってきましたし、私の性格は堅実で几帳面なところがありますので、自分に適した職種だと思います。

② あなた自身が向いていると思う仕事は？

一人ではなくみんなと協力して一つの物を完成させたり、成し遂げるような仕事が自分に向いていると思います。理由は、学校の体育祭や文化祭、修学旅行などもそうでしたが、人と協力して何か行動するという体験に、私はとても充実し感動するためです。

③ クラブ活動をしていましたか？入部した理由を教えてください。

私はバドミントンに入っていました。中学の時はテニス部に所属していたのですが、高校に入学し、テニス部の見学後、何気なく体育館へ行ったときにバドミントン部の練習が始まっていましたので、それを見ていたらなんとなく入ってみたくなり入部しました。

④ あなたの成績や勉強はどうでしたか？

まだ会社で仕事を行った経験もありませんし、結婚して家庭を持つことも想像つきませんので、回答することが難しいです。しかし、いまの気持ちを伝えるのであれば、就職することに気持ちが集中していますので、仕事を大切にしたいと考えています。

⑤ 結婚した場合、仕事はどうされますか？

まだ会社で仕事を行った経験もありませんし、結婚して家庭を持つことも想像つきませんので、回答することが難しいです。しかし、いまの気持ちを伝えるのであれば、就職することに気持ちが集中していますので、仕事を大切にしたいと考えています。

⑥　この会社の他に、どのような会社を受けていますか？

　　　●いいえ、現在予定ありません。私はこちらが第一志望の会社であり、他の会社の受験は今のところ予定しておりません。

　　　●はい、予定があります。私の第一志望はこちらですが、もし採用が見送られた場合には他社を受ける予定です。

▶第4課　敬語を知る

■ 確認クイズ

1、

① （　○　）

② （　×　）「課長」は敬称。お客様に上司を紹介する場合、社内の人には敬語を使わない。

③ （　×　）「～ございますね」は謙譲語なのでお客様には使わない。

④ （　×　）呼び捨てやあだ名ではなく、「～くん」がスマート。

⑤ （　○　）

⑥ （　×　）「いかがなさいますか」

2、

①　社長がそのように<u>おっしゃいました</u>。

　　「言う」の尊敬語「おっしゃる」に、尊敬の助動詞「られる」がついて二重敬語になっている。

②　「帰る」の敬語には表現法が二つある。やや低い表現「常務は<u>帰られましたか</u>。」、高い表現「常務は<u>お帰りになりましたでしょうか</u>」。

③　田中先生がお見えになりましたら、会議を始めます。

田中先生がいらっしゃいましたら、会議を始めます。

「来る」の尊敬語「お見えになる」に、尊敬の助動詞「られる」

がついて二重敬語になっている。

④　どうぞお弁当を召し上がってください。

どうぞお弁当をお召し上がりください。

■ 談話

１、～（さ）せていただきます

①　Ⓐ：新製品の企画を担当させていただきます東京貿易の佐藤

でございます。どうぞよろしくお願いいたします。

Ⓑ：いつもお世話になっております。営業部の池内でござい

ます。こちらこそどうぞよろしくお願いいたします。

②　Ⓐ：うちの国内支社の一覧です。どうぞご覧ください。

Ⓑ：ありがとうございます。では、拝見させていただきます。

２、～ていただけますでしょうか

①　Ⓐ：申し訳ございませんが、お約束の時間を３時から４時に

していただけますでしょうか。

Ⓑ：わかりました。では、４時にお待ちしております。

②　Ⓐ：恐れ入りますが、今日中に見積もりを送っていただけま

すでしょうか。

Ⓑ：わかりました。

３、お／ご～いただく

①　Ⓐ：契約の条件についてご検討いただければと思います。

Ⓑ：わかりました。では、２、３日中にご連絡いたします。

② Ⓐ：恐れ入りますが、こちらで少々お待ちいただけますか。

　　Ⓑ：はい、わかりました。

■ 会話：敬語について

中村：陳さん、何を読んでいるんですか。

陳　：これですか。日本のビジネスマナーという本です。

中村：どういう内容ですか。

陳　：日本の一般的なマナーや日本人が習慣的に行っているビジネスマナーを紹介したものです。

中村：おもしろそうですね。ビジネスシーンでよく使われる敬語も紹介されているんですか。

陳　：はい、敬語もありますよ。そういえば、言葉遣いのことでお聞きしたいことがあるんですが。

中村：何でしょうか。

陳　：日本の社会では、仕事をする時に、敬語は大切ですか。

中村：はい、年齢や地位の上下関係に気を使わなければならないですから、会社員にとって敬語の使い方は重要ですよ。

陳　：私はどうも敬語が苦手なんですが…。

中村：日本人も敬語が苦手な人がだいぶいますよ。とくに、若い人の言葉が乱れていて、正しい敬語が使われなくなってきているんです。

陳　：つまり、若者敬語という問題ですね。

中村：その通りです。最近では若い人が正しい敬語に触れる機会が減り、残念ながら何年か先に入社した先輩の敬語も、全てが正しいとは言えません。

陳　：それは聞いたことがあります。何年も勤めていたって、正しい敬語を理解していない人もいるんですね。

中村：そうなんですよ。

陳　：やはり敬語が難しいですね。どうしたら正しい敬語を身につけることができますか。

中村：そうですね。陳さんの読んでいるビジネスマナーという専門の解説書などを開いてみるといいでしょう。

陳　：それが一番いいことなのはわかるんですけど、もっと手っ取り早く「これはダメ」というのを教えてくれませんか。

中村：使ってはいけない言葉を、一概に「これ」と断定することはできません。そのときの状況や対応する人によって、タブーになる言葉は様々だからです。

陳　：やはり、間違うことを恐れないで自分から積極的に話すのが一番いい方法かもしれませんね。

中村：そうですね。もし使ってはいけない場面で使ってはいけない言葉を発すれば、そのときは周りの上司や先輩が注意してくれるでしょう。そこで注意された内容をあなたが聞き入れること、これが一番「いい勉強」なのです。

陳　：よくわかりました。どうもありがとうございます。

■ ビジネスコラム：若者敬語

① （　×　）それじゃ、コーヒーでいいです。

　（　○　）それでは、コーヒーをお願いします。

　自分の意見を言わずに、相手に合わせたような表現は、相手を非常に不愉快にさせる。

② （　×　）超いいですね。

　（　○　）とてもいいですね。

ビジネスシーンではＮＧ。

③ （　×　）こちらが資料になります。

　（　○　）こちらが資料でございます。

「なる」は変化を表す言葉なので、「何かが資料に変わる」という意味になってしまう。

④ （　×　）以上でよろしかったでしょうか。

　（　○　）以上でよろしいでしょうか。

意味のない過去形は不要。マニュアル化した印象で気持ちが伝わらない。

⑤ （　×　）私的にはＡ案でいきたいと考えております。

　（　○　）私といたしましてはＡ案でいきたいと考えております。

自分の主張をぼかす表現で、日本語としても間違い。とくに連発されると耳ざわりで、自信がないように感じられる。

⑥ （　×　）それ、マジですか？

　（　○　）それは本当ですか？

ビジネスシーンではＮＧ。

⑦ （　×　）1,000円からお預かりいたします。

　（　○　）1,000円お預かりいたします。

「から」が不要。シンプルに言うことで丁寧さがアップ。

⑧ （　×　）お煙草の方、吸われますか？

　（　○　）お煙草、吸われますか？

「方」は無意味。まわりくどい表現では敬意が伝わりにくい。

■ 練習

1、

①恐れ入ります……相手に対して感謝や恐縮の気持ちを表すときに使う。

②申し訳ございません……「ごめんなさい」「すみません」はビジネスではNG。

③お手数をおかけしまして……お願いする時に一言添えると丁寧な印象に。

④いかがでしょうか……自分の言動や物事の評価をたずねる時に使う。

⑤かしこまりました……「はい、かしこまりました」と続ければさらに○。

⑥わかりかねます……きつい言い方は逆効果。なるべくやさしい言い方で。

⑦いたしまねます……「いたしかねます。ただ〜」と代替案を続けると評価アップ！

⑧ご説明します……プレゼンや上司への説明の時などに使う。

2、

①　A
　　目上の人の「言う」は「おっしゃる」「言われる」。２つをくらべた場合「おっしゃる」のほうがていねいな言い方である。

②　B
　　「伺う」は自分が目上の人のところへ行くことをあらわす謙譲

語。目上の人に来てくださいと言うときに「伺ってください」と言ってはいけない。「お伺いください」とていねいに言ってもダメである。

③　C

Aは相手の動作に対して謙譲語を使っているので間違い。Bは間違いではないが、ややきつい印象を与えるのでCがベター。

④　A

BとCは、間違いのまま広まったアルバイト用語。

3、

①　田中様がいらっしゃいました。

「まいる」は「来る」の謙譲語。謙譲語に尊敬表現の「られる」をつけてもダメ。

②　こちらをご覧ください。

「拝見」は「見る」の謙譲語。同じく「拝読」「拝聴」も謙譲語。

③　木村様でいらっしゃいますね。

④　部長がおっしゃったように……。

「おっしゃる」と「〜られる」で二重敬語となり、くどい。

⑤　上村課長がおっしゃった提案内容に賛成です。

「申す」は「言う」の謙譲語。謙譲語「申す」と尊敬語「〜れる」の混同は不可。尊敬語の「おっしゃる」を使うべき。

⑥　係長、課長にその報告書をお見せになってください。

「お見せする」は謙譲語。尊敬語の「お見せになる」を使うべき。

⑦　資料はあちらでお受け取りください。

　　「いただく」は謙譲語。

⑧　加藤様はどちらになさいますか。

　　「いたす」は「する」の謙譲語。自分ではなく、「加藤様」が
　　主語なので、この場合は尊敬語を使う。

⑨　熱いうちに召し上がってください。

　　「いただく」は謙譲語。相手の行動なので、ここは尊敬語を使
　　う。

▶第5課　あいさつ

■ 確認クイズ

①（　×　）会釈では失礼。普通礼であいさつをします。

②（　×　）お辞儀をしばがらペコペコと何度も頭を下げるのはN
　　　　　　G。本人は丁寧のつもりでやっていても、スマートで
　　　　　　ないばかりか、頼りない印象を与えてしまいます。

③（　○　）あいさつをしながらお辞儀をする同時礼ではなく、あ
　　　　　　いさつをしたあとにお辞儀をする分離礼を心がけるこ
　　　　　　と。

④（　×　）立場が上の人に対して「ご苦労様」は失礼。下に見て
　　　　　　いると思われます。正しく「お疲れ様でした」です。

⑤（　○　）帰るのは自分の仕事を一段落させ、周りの状況にも目
　　　　　　を配ってからしましょう。

⑥（　×　）お辞儀の最初と最後にアイコンタクトをすると、親し
　　　　　　みを演出することができます。じっと見つめるのでは

なく、さりげなく視線を向ける程度でOKです。

■ 談話

1、出社したときのあいさつ

Ⓐ：おはようございます。

Ⓑ：おはようございます。

Ⓐ：きのうはごちそうさまでした。わざわざ歓迎会をしていただいて、本当にありがとうございました。

Ⓑ：いいえ、とんでもないです。鈴木さんはあの後二次会に行きましたか。

Ⓐ：はい、歓迎会の後、二次会だとおっしゃって、田中さんたちが別の店に連れて行ってくださいました。

2、退社するときのあいさつ

Ⓐ：まだ帰らないんですか。

Ⓑ：はい、まだ明日の会議の準備が終わらないんですよ。今日中にこの資料をまとめなくちゃならないんです。

Ⓐ：そうなんですか。大変ですね。何か手伝えることはありますか。

Ⓑ：ありがとう。一人で大丈夫ですよ。もう少しで終わりますから。

Ⓐ：そうですか。では、お先に失礼します。

Ⓑ：お疲れ様でした。

3、久しぶりに会ったときのあいさつ

Ⓐ：ごぶさたしております。

Ⓑ：こちらこそ。お変わりありませんか。

Ⓐ：おかげさまで、<u>なんとか</u>。

Ⓑ：夏休みはいかがでしたか。どこかへいらっしゃいましたか。

Ⓐ：はい、妻と北海道へ行ってきました。

■ 会話－１：あいさつの後の短い会話

陳　：おはようございます。

池内：おはようございます。

陳　：きのういろいろ教えていただいて、ありがとうございました。

池内：いいえ、<u>どういたしまして</u>。

陳　：今日はすごい風ですね。

池内：はい、<u>春一番</u>ですよ。

陳　：春一番は何ですか。

池内：<u>その年初めて吹く強い南風</u>のことです。

陳　：そうなんですか。毎年、今ごろ吹くんですか。

池内：いいえ、今年は今までで一番早いんだって。今日はずいぶん
　　　暖かいでしょう？

陳　：<u>そう言われればそうですね</u>。

池内：もうこれからは春なんですよ。

■ 会話－２：外出時のあいさつ

池内：陳さん、ちょっと<u>お願いがあるんですが</u>。

陳　：はい、何でしょうか。

池内：<u>この見積書</u>を東京貿易へ届けに行ってもらえますか。

陳　：はい、わかりました。それで、何時までに<u>お届けすればよろ</u>

しいでしょうか。

池内：2時までにお願いできますか。

陳　：はい、<u>承知しました</u>。では、したくします。戻りはたぶん4
　　　時ごろになると思いますが。

池内：わかりました。

陳　：何か先方に伝えることはありますか。

池内：特にないですが、もし、東京貿易との交渉が難航するようで
　　　したら、一度会社に電話を入れてください。

陳　：はい、わかりました。では、<u>行ってまいります</u>。

池内：行ってらっしゃい。

■ 練習

1、

① c ② e ③ f ④ d ⑤ a ⑥ b ⑦ h ⑧ i
⑨ g ⑩ j

2、

① B ② B ③ A ④ A

3、

(G) → (F) → (C) → (D) → (A) → (B) → (E)

①歩いている途中でも一旦立ち止まる。

②背筋をまっすぐに伸ばし、きれいな姿勢で立つ。

③両手を前で揃えるなど、手の位置を定める。

④相手と目線を合わせる。段差のある場合などでは相手と同じ高さに移動する。

↓

⑤挨拶の言葉を言い終わるタイミングで、腰から上半身を前に倒してお辞儀。

↓

⑥一呼吸間をおいて、ゆっくりと体を起こす。

↓

⑦体を起こしたら、再度相手と目線を合わせる

▶第6課　紹介する

■ 確認クイズ

1、自社の人から紹介

「ご紹介します。こちらが私どもの部長の藤田です。」

次に、取引先の人を紹介

「部長、こちらがいつもお世話になっている、東京貿易の鈴木部長です。」

2、

①部長、藤田部長　②藤田、部長の藤田　③部長さん、藤田部長

■ 談話

1、配属先で自己紹介する

：はじめまして、今日からこちらで働くことになりました陳と申します。一日も早く職場になれるよう頑張りますので、よろしくお願いいたします。

Ⓑ：池内です。こちらこそ、よろしくお願いします。わからないことは、遠慮せずに何でも聞いてください。

2、歓迎会での自己紹介

Ⓐ：このたび入社致しました陳雨萌と申します。陳は陳列の陳、雨は雨女の雨、萌は草冠に明るいという字、芽生えるという意味です。本日は私のためにこのような会を催して頂きましてありがとうございます。社会人としての第一歩をこの会社で迎えられることを本当に嬉しく思っています。真面目で正直なところが自分の長所だと思っています。仕事に慣れないうちはご迷惑をおかけするかと思いますが、どうかご指導のほどよろしくお願いします。

3、名刺がないとき

Ⓐ：鈴木部長、こちらは弊社の営業部長の藤田でございます。部長、こちらは開発部長の鈴木様でいらっしゃいます。

Ⓑ：私は中日商事営業部の藤田と申します。いつも池内がいろいろとお世話になっております。
　　……（名刺を渡す）……

Ⓒ：頂戴いたします。鈴木と申します。申し訳ございません。あいにく名刺を切らしておりまして。

■ 会話－１：新入社員を紹介する

藤田：皆さん、今日からうちの部に配属となった陳さんを紹介します。じゃ、陳さん、一言あいさつをお願いします。

陳　：このたび入社致しました陳雨萌と申します。一生懸命頑張り

ますので、よろしくお願いします。

藤田：陳さんは、4年間大学で日本語を勉強されました。そしてこのたび、優秀な成績でわが社の入社試験に合格されました。

陳　：いえいえ、とんでもないです。日本の会社で働くことは、初めてなので、不安だらけです。仕事に慣れないうちはご迷惑をおかけすることもあるかと思いますが、ご指導のほどよろしくお願いします。

池内：初めまして、池内です。私も去年、こちらに来たばかりですので、ちょっとだけ先輩ですが、一緒に頑張りましょう。

石原：どうも石原です。この中で一番古株かもしれません。ここのことは、だいたいわかっているつもりですけど、わからないことは、遠慮せずに何でも聞いてください。

藤田：石原くん、陳さんの仕事ですけど、とりあえず、君のアシストからやってもらおうと思うんですが、どうでしょうか。

石原：はい、ちょうど私も手が足りなくで困っていたところですから、助かります。

藤田：じゃあ、そうしましょう。それから、池内さん、陳さんに回りの環境とか、いろいろ案内してあげてください。

池内：はい、わかりました。陳さん、会議室へどうぞ。こちらは会議室です。給湯室とお手洗いはそちらです。

陳　：恐れ入りますが、私の席はどこですか。

池内：こちらへどうぞ。

■ 会話－２：新しい担当を取引先に紹介する

石原：いつもお世話になっております。実は、このたび御社の担当
　　　が替わりましたので、ご挨拶かたがた、本日は後任の者を連
　　　れてまいりました。

佐藤：それはそれはご丁寧に。

石原：こちらが私の後任の陳でございます。私同様よろしくお願い
　　　いたします。

陳　：はじめまして。このたび、御社を担当させていただきます陳
　　　と申します。

　　　……（名刺を渡す）……

佐藤：頂戴いたします。佐藤でございます。

　　　……（名刺を渡す）……

陳　：頂戴いたします。失礼ですが、お名前は何とお読みすればよ
　　　ろしいでしょうか。

佐藤：「よしなり」と読みます。

陳　：「さとうよしなり」様ですね。今後とも、どうぞよろしくお
　　　願いいたします。

佐藤：こちらこそ、よろしくお願いします。今回、担当の方がずい
　　　ぶん若返りましたね。

石原：ええ、若いですけど、しっかりしておりますので、よろしく
　　　ご指導のほど、お願いいたします。

陳　：精いっぱい頑張りますので、よろしくお願いいたします。

佐藤：陳さんのお国はどちらですか。

陳　：台湾です。

佐藤：日本語、お上手ですね。

石原：仕事の上でも、<u>全く問題ありません</u>。

陳　：いいえ、日本語の細かいニュアンスまでは、なかなか……

佐藤：いやいや、大したものですよ。これからいろいろ<u>お付き合い</u><u>いただく</u>ことになると思いますので、どうぞよろしく。

陳　：仕事に慣れないうちはいろいろ<u>お伺いする</u>こともあるかと思いますが、ご指導のほどよろしくお願いします。

■ 練習

1、

① f ② d ③ e ④ c ⑤ b ⑥ a ⑦ g

2、

① A

右手で自分の名刺を持って、お客様の名刺を左手で受けるような形にして受け取る。

② C

名刺に書かれた漢字の読み方を聞いても、大丈夫です。間違った名前を覚えたり、呼んだりすることが、いちばん失礼になる。

③ A

肩書きも合わせて紹介するが、「桜井課長」では敬称つきなので、他社の人の前では不適切。

④ C

上から専務、常務、部長の順である。

3、

① （ × ） 名刺を受け取ったら相手の名前を復唱する。名前の読み方がわからない場合はこの場で尋ねる。

② （ ○ ） 立場が上の人が先に相手を知る権利があるので、まずは上司がお客様に自己紹介をする。

③ （ ○ ） 名刺の文字を相手に向けて、両手で胸の高さにして差し出す。

④ （ ○ ） 「こちらが営業部長の森田です」「当社の小林です」などと言う。

⑤ （ × ） 名刺はその人の顔のようなものですから、大切に扱う。

⑥ （ × ） テーブルがあれば、その横の位置まで訪問者が移動し、両者の間にさえぎるものがない状態で交換をする。

▶第7課　報告・連絡・相談

■ 確認クイズ
① g ② e ③ a ④ d ⑤ c ⑥ f ⑦ b

■ 談話
1、報告

：部長、お忙しいところを申し訳ございません。

：何でしょうか。

：新商品の件で報告があるのですが、お時間よろしいでしょうか。

Ⓑ：はい、いいですよ。早速状況を報告してください。

Ⓐ：はい、こちらに今週の受注表ができあがっております。まず、ご一読ください。

Ⓑ：先月比5％アップですね。これについてどのように考えているんですか。

2、連絡—遅刻

Ⓐ：おはようございます。東京貿易です。

Ⓑ：おはようございます。吉田です。

Ⓐ：あっ吉田さん、どうされましたか。

Ⓑ：実は電車の事故で出勤が遅れそうなので、ご連絡しました。

Ⓐ：そうですか。わかりました。では部長にお伝えしておきます。

Ⓑ：はい、お願いします。

3、連絡—業務

Ⓐ：業務に関する会議の連絡はだいたいメールですが、文書でくることもありますか。

Ⓑ：大事な会議の場合は、メールと文書の両方が送られていますよ。でも、そのうちメールに一本化されるそうですが。

Ⓐ：そうしたら、文書はなくなり、ペーパーレス化に向かっていくんですね。

Ⓑ：そうですね。それは企業の業務の効率化やコスト低減にもつながります。

4、相談

Ⓐ：先輩、退社間際に申しわけございません。１０分ほど、お時間いただけないでしょうか。

Ⓑ：はい、何ですか。

Ⓐ：ただ今、お客様から電子メールでこのような苦情が寄せられまして、どうしたものかと思いまして。

Ⓑ：ちょっと見せてください。

Ⓐ：ちなみに、こちらが参考資料です。

Ⓑ：これはいけませんね。直ちに部長に報告したほうがいいですよ。

■ 会話－１：休暇の許可願い

石原：はい、中日商事営業部でございます。

池内：おはようございます。池内です。

石原：池内さん、おはようございます。

池内：実は昨夜から気分が悪くて、熱もあるんです。それで、今日は休ませていただきたいんですが。

石原：それは大変ですね。病院には行きましたか。

池内：はい、さっき薬を飲んだので、休んだらよくなると思います。

石原：池内さんは毎日がんばっていたから、疲れが出たのかもしれませんね。分かりました。部長にそう伝えておきますので、今日はゆっくり休んでください。

池内：ありがとうございます。それから、私の机の上に昨日作成した東京貿易宛ての販売企画書が置いてありますが、本日中にお届けすることになっています。それで申し訳ないのですが。

石原：わかりました。販売企画書は今日中に届けるようにしておきますから、仕事のことは心配しないで。

池内：ご迷惑をおかけして申し訳ございません。それでは、お願いします。

石原：<u>お大事に</u>。

　　　……（翌日）……

池内：石原さん、昨日休んでしまって、申し訳ございません。

石原：池内さん、もう大丈夫ですか。

池内：おかげさまで、<u>すっかりよくなりました</u>。

石原：今年のインフルエンザはひどいそうですね。

池内：そうですね。急に高い熱が出まして、<u>ひどい目にあいました</u>。

石原：くれぐれも<u>体に気をつけてください</u>ね。

■ 会話－２：指示、催促、報告

藤田：今、ちょっとよろしいでしょうか。

石原：はい、いいですよ。

藤田：今度の新商品のアンケート調査をお願いしたいと思っているんですが、いかがですか。

石原：はい、<u>ご期待に沿うこと</u>ができれば、幸いです。

藤田：では、よろしく頼みますね。

石原：かしこまりました。

　　　……（後日）……

藤田：石原さん、あれ、どうなりましたか。

石原：あれって、何でしょうか。

藤田：今度の新商品のアンケート調査の件ですよ。

石原：ご報告が遅れて申し訳ございません。大筋ではまとまってはいるのですが、もう少しお時間をいただけないでしょうか。

藤田：それでは、概略だけでもいいですから、今日中に提出してくれませんか。

石原：実は今、明日の会議用の資料を作っているところなんです。まだかかりそうなんですが、どちらを優先すればよろしいでしょうか。

藤田：そうですか。じゃ、明後日までにそろえてくれませんか。

石原：はい、かしこまりました。出来上がり次第、すぐご報告いたします。

　　　……（明後日）……

石原：お仕事中に申し訳ありません、今お時間よろしいでしょうか。

藤田：はい、何ですか。

石原：今度の新商品のアンケート調査についてご報告にあがりました。

藤田：早速、状況を報告してください。

石原：はい。詳しいことは、こちらのアンケート調査の報告書にまとめておきました。まず、ご一読ください。

藤田：なるほど、あまり状況はよくないですね。

石原：はい、正確な数字はまだつかんでいませんが、消費者への浸透度は、未だ 20％にも達していません。

藤田：石原さんは、この結果についてどのように考えているんですか。

石原：消費者の購買促進を図るために割引の特典を導入する必要が
　　　あるのではないかと思います。

藤田：基本的にはよさそうな意見ですが、チームとのすり合わせは
　　　できていますか。

石原：いまのところはまだです。<u>できるだけ早く</u>、この件について
　　　の会議を持ちたいと思っているんですが。

藤田：それでは、この案で明日の会議にかけてみてください。

■ 練習

1、

① （　○　）組織の一員として働く以上は、密な報告・連絡が周
　　　　　　囲から信頼感を持たれることに繋がる。

② （　×　）相手から催促されてからするのはでは遅すぎる。言わ
　　　　　　れる前に、自らしなければならない。

③ （　○　）報告は過去のことで自分の行動に関すること。連絡は
　　　　　　未来のことで関係者全員に関わること。

④ （　×　）相談する前に、いい解決案はないか自分でよく考えて
　　　　　　頭の中を整理することが必要である。

⑤ （　○　）アクシデントが起きてから連絡するのではなく、何か
　　　　　　起こりそうだと感じたらすぐに報告を入れること。

⑥ （　×　）報告の際、結論となる事実から述べることが重要であ
　　　　　　る。自分の意見や感想は、仕事上で役立つと思われる
　　　　　　ものを、事実のあとに伝える。

⑦ （　○　）日本語の会話の中で、相づちはとても重要な役割を果
　　　　　　たしている。

⑧（　×　）あごをあげた状態で目だけ下を向けて「うん、うん」
　　　　　　と相づちを打つ人がいるが、これは、相手をバカにし
　　　　　　ているように取られてしまうので、大変よくない。

⑨（　×　）にやにや笑いながら相づちを打つのは逆効果である。

⑩（　○　）

⑪（　×　）「はいはいはい」は、「本当は嫌だけど仕方なくあな
　　　　　　たの言うことを聞く」という意味にもなるので、注意
　　　　　　が必要である。

⑫（　×　）人の話を聞くときに、ずっと口を半開きにしたままだ
　　　　　　と、ぼーっとしているか、人の話を真剣に聞いていな
　　　　　　いと思われる。

2、

①　B

緊急の度合いによるが、一刻を争うときはメモで対応するのが
スマート。状況によってはＡの口頭でもOK。

②　C

じっと見続けられたり、相づちもなく黙っていられると、話し
ているほうは気まずくなる。また正面に立つのは敵対関係なの
で、斜め前の立ち位置が正解。

③　A

仕事の流れや経過を報告したいのはわかるが、最初から順番に
話したのでは、何をいちばん伝えたいのかわからない。また、
すぐに対応してもらう必要があるから、悪いニュースから先に
報告する。

④　C

▶第 8 課　電話を受ける

■ 確認クイズ

① c ② e ③ f ④ d ⑤ a ⑥ b ⑦ h ⑧ i
⑨ g ⑩ j

■ 談話

1、電話を取り次ぐ

Ⓐ：はい、東京貿易でございます。

Ⓑ：おそれいります。私、中日商事の池内と申します。

Ⓐ：お世話になっております。中日商事の池内様でいらっしゃいますね。

Ⓑ：お世話になっております。鈴木部長はいらっしゃいますか。

Ⓐ：鈴木でございますね。確認いたしますので少々お待ちください。

2、間違い電話を受ける

Ⓐ：こちらは東京貿易になりますが……

Ⓑ：そうですか。私の手元にある電話番号が「03-1234-5678」なんですが、そちらはこの番号で間違いないでしょうか。

Ⓐ：番号はその通りですが、おかけ間違いのようです。

Ⓑ：そうですか。間違ったみたいです。すみませんでした。

Ⓐ：いいえ、では失礼いたします。

3、取次ぐ相手を確認する

Ⓐ：お電話ありがとうございます。東京貿易でございます。

Ⓑ：中日商事の池内と申しますが、吉田様を<u>お願いします</u>。

Ⓐ：吉田は<u>二人</u>おりますが。

Ⓑ：女性の方なんですけど。

Ⓐ：わかりました。<u>少々お待ちください</u>。

■ 会話：電話の取次ぎ

吉田：はい、東京貿易でございます。

石原：私は中日商事の石原と申します。恐れ入りますが、佐藤様は
いらっしゃいますか。（声が小さい）

吉田：恐れ入りますが。<u>お電話が少々遠いようですので</u>、もう一度
お願いします。

石原：申し訳ございませんが、ただ今<u>通話状態の悪い所</u>におります
ので、５分後に<u>こちらから折り返し</u>お電話してもよろしいで
すか。

吉田：はい。失礼します。

　　　……（数分後）……

石原：申し訳ございませんが、私、<u>先ほど電話いたしました</u>石原と
申します。

吉田：中日商事の石原様でいらっしゃいますね。いつもお世話に
なっております。

石原：こちらこそ、お世話になっております。恐れ入りますが、佐
藤様はいらっしゃいますか。

吉田：はい、ただ今、<u>佐藤に代わりますので</u>、少々お待ちください。

　　　　……（保留ボタンを押して取り次ぐ）……

吉田：佐藤さん、中日商事の石原様から、３番にお電話が入ってい
　　　ます。

佐藤：はい。

　　　　……（取り次ぐ）……

佐藤：お電話代わりました。佐藤でございます。

石原：お忙しいところを申し訳ございません。中日商事の石原と申
　　　します。

佐藤：石原さん、いつもお世話になっております。

石原：こちらこそ、お世話になっております。実は、当社の新商品
　　　の件でお電話したのですが、近日中にお時間をいただけない
　　　かと思いまして……

佐藤：そうですね。明日は約束が入っておりまして、ちょっと無理
　　　ですね。明後日の朝９時半頃なら時間が取れそうですが。

石原：かしこまりました。それでは、明後日の金曜日の朝９時半で
　　　よろしいでしょうか。

佐藤：それでいいですよ。

石原：それでは、明後日お伺いします。

佐藤：では、お待ちしています。

石原：ありがとうございます。では、失礼します。

■ 練習

1、

① （　×　）相手に耳障りな雑音を聞かせないためにも、短時間で
　　　　　　も必ず保留ボタンは押す。

② （ ○ ） ビジネスの場では腕時計は必携である。携帯電話をスケジュール帳代わりにするのも避けよう。

③ （ ○ ） ビジネス案件は固定電話にかけるのが常識。しかし名刺に携帯番号が記されている場合や、相手から番号を教えられている場合は、急ぎの用件に限りかけるようにする。

④ （ × ） 言い分を聞いて、原因追求をするまでは、軽率な反論や議論はしないようにしよう。

⑤ （ × ） 30秒以上は待たせない。それ以上かかりそうなら折り返すか伝言を承る。

⑥ （ × ） ベルは3回以内で出るのが原則。それ以上鳴ったときは、「お待たせいたしました」とお詫びの言葉を最初に述べる。

2、

① B

「回す」「つなぐ」「換わる」は電話を取り次ぐときによく使う動詞だが、言い回しは限られる。例えば、「担当部署に電話を回します」「では、担当の者に換わります」などと使う。

② C

すぐに切らず、一度こちらの番号を伝えてから、かけ間違いかを確認する。

③ C

「恐れ入りますが、お名前をもう一度よろしいでしょうか」、「申し訳ございません。会社名をもう一度よろしいですか」、

「念のため、もう一度、綴りを教えていただけますか」などを活用しよう。

④　A

　　Ｃは失礼な言い方、Ｃは病院などで医者がよく使うフレーズ。

3、

①お世話になっております……あいさつ代わりに使われるビジネス慣用句。初対面の相手には使わない。

②少々お待ちいただけますか

③ただ今、まいります

④のちほどお伺いします

⑤お話を承ります、お話をお伺いいたします

⑥申し伝えます

⑦席を外しております……電話や来客時、当人がいない場合に使う。

⑧どちら様でしょうか……電話の相手が名乗らない場合などに使う。

⑨復唱いたします……電話口で相手の電話番号や住所を繰返す時の一言。

▶第９課　電話をかける

■ 確認クイズ

①　d　②　c　③　g　④　h　⑤　f　⑥　b　⑦　a　⑧　e

⑨　i

■ 談話

1、かけ直す

Ⓐ：恐れ入りますが、鈴木はただ今外出しております。

Ⓑ：お帰りは何時頃のご予定ですか。

Ⓐ：５時には戻る予定です。

Ⓑ：では、５時に改めてお電話させていただきます。

Ⓐ：お手数をおかけいたしますが、よろしくお願いします。

2、相手から電話をもらう

Ⓐ：申し訳ございませんが、石原はただ今席を外しております。

Ⓑ：では、折り返しお電話いただきたいんですが。

Ⓐ：かしこまりました。お電話を差し上げるよう確かに申し伝えます。

Ⓑ：では、よろしくお願いいたします。

Ⓐ：池内が承りました。失礼いたします。

3、伝言を依頼する

Ⓐ：申し訳ございませんが、部長の藤田は本日お休みいたしております。明日は出社する予定です。よろしければご伝言を伺いますが。

Ⓑ：そうですか。実は明日御社にお伺いするお約束でしたが、用事が入ってしまい、お伺いできなくなりました。詳しいことは後ほどご連絡しますので、取り急ぎ、そのことだけ藤田部長にお伝えいただけますか。

Ⓐ：かしこまりました。明日弊社にいらっしゃる予定でした

が、いらっしゃることができなくなったとのこと、藤田に申し伝えます。

Ⓑ：よろしくお願いいたします。

■ 会話：伝言を受ける

大野：お待たせいたしました。東京貿易でございます。

石原：お忙しいところを恐れ入りますが、鈴木部長をお願いします。

大野：鈴木でございますか。申し訳ございませんが、鈴木はあいにく外出しております。失礼ですが、どちらさまでしょうか。

石原：申し遅れました。私、中日商事の石原と申します。

大野：中日商事の石原様でいらっしゃいますね。いかがいたしましょうか。

石原：そうですね。失礼ですが、何時頃会社にお帰りになりますでしょうか。

大野：本日は、直帰の予定になっておりますが、よろしければご用件をお伺いいたしましょうか。

石原：それでは、お願いできますか。

大野：はい、どうぞ。

石原：見積もりのファックスをお送りしますので、ご覧になったらお電話がほしいとお伝えいただけますでしょうか。

大野：はい、承知しました。それでは、復唱させていただきます。お送りいただいたファックスを拝見したら、お電話を差し上げるようにということでよろしいでしょうか。

石原：はい。

大野：では、鈴木が戻りましたら、申し伝えます。念のため、そちらのお電話番号を教えていただけますか。

石原：03 － 1586 － 1805 です。

大野：03 － 1586 － 1805 でございますね。

石原：はい、そうです。

大野：では、確かに承りました。私、大野と申します。

石原：では、よろしくお伝えください。

大野：はい、かしこまりました。

石原：では、失礼いたします。

■ 練習

1、

① （ ○ ） 聞いた用件は復唱して、漏れがないかどうか確認します。

② （ ○ ） 伝え終わったら伝言メモに、伝えた日時、自分の名前、そして「伝言済み」と書きます。メモはそのまま机上に残し、勝手に捨てないように。

③ （ × ） 伝えた時間と自分の名前、そして「伝言済み」とメモに書いて残しておく。

④ （ × ） メモは他のメモや書類とまぎれないよう、相手の目につきやすい場所に置く。

⑤ （ ○ ） 電話がすぐ取れるように、電話の周りはきれいにしておき、そばにはメモ用紙も置いておく。

2、

① C

② A

「折り返し」は副詞的に使う表現で、返事、返答をすぐする様子。「担当者が席を外しているので、折り返しこちらから電話する」。「折り返す」という動詞は意味が違うが、最近は「では、すぐに折り返します」というふうに動詞として使う場合も多い。

③ A

「念のため」は本当は知っているはずなので、聞かなくてもいいことなのだが、もしものときのために一応聞いておく、というようなニュアンスで使う。

④ B

携帯電話の番号はむやみに教えないのがルール。

3、

Ⓐ：田中は＿＿＿③＿＿＿外出しております。お急ぎのご用件でしょうか。

Ⓑ：はい、＿＿＿⑤＿＿＿今日中にお話ししておきたいことがあるのですが。

Ⓐ：4時頃戻りますので、その頃こちらからお電話差し上げて＿＿②＿＿。

Ⓑ：その頃は会議なんですよ。終ってから電話を差し上げると、6時半位になるのですが。その時間、田中さんは＿＿＿⑥＿＿＿。

Ⓐ：はっきりいたしませんが、田中が帰社いたしましたら、ご連絡の方法をどなたかに＿＿＿④＿＿＿ということで

はいかがでしょうか。

Ⓑ：それでは、うちの鈴木に伝言をお願いします。

Ⓐ：＿＿＿＿①＿＿＿＿。

▶第10課　アポイントメント

■ 確認クイズ

① c ② d ③e ④ f ⑤ g ⑥ a ⑦ b

■ 談話

1、アポイントメントを取る

Ⓐ：いつもお世話になっております。早速ですが、来週の展示会の件で打合せをさせていただきたいのですが、お時間をとっていただけませんか。

Ⓑ：そうですか。では、明後日の午前はいかがでしょうか。

Ⓐ：はい、けっこうです。では、何時ごろにお伺いしましょうか。

Ⓑ：10時ごろにお願いできますか。

Ⓐ：わかりました。では、明後日水曜日の午前１０時にお伺いします。

2、アポイントメントを変更する

Ⓐ：申し訳ございません。実は水曜日、ちょっと都合が悪くなってしまいまして、そちらへお伺いできなくなってしまったんですが。

Ⓑ：そうですか。

Ⓐ：それで、お約束の日にちを変えていただけないかと思い

まして。

Ⓑ：木曜日ならいいですよ。

Ⓐ：ありがとうございます。では、木曜日の 10 時に伺わせ
　　ていただきます。<u>勝手なことを申しまして</u>、本当に申し
　　訳ございません。では、よろしくお願いいたします。

3、面識のない人にアポイントメントを取る

Ⓐ：はい、藤原です。

Ⓑ：<u>突然恐れ入ります</u>。私、東京貿易の佐藤と申します。先日、
　　弊社の新製品の参考資料をご送付させていただきました
　　が、<u>ご覧いただけたでしょうか</u>。

Ⓐ：はい、拝見しました。

Ⓑ：ありがとうございます。実は、その件でご説明に伺いた
　　いのですが、近いうちに<u>お目にかかる機会</u>をいただけな
　　いかと思いまして……。

Ⓐ：木曜日の午前中ならいいですよ。

Ⓑ：はい、では、よろしくお願いいたします。

■ 会話：アポイントメントの取り方

佐藤：はい、東京貿易開発部でございます。

池内：いつもお世話になっております。中日商事の池内と申します
　　　が、佐藤さんはいらっしゃいますか。

佐藤：はい、わたしです。こちらこそいつもお世話になっておりま
　　　す。今日は<u>どういったご用件</u>でしょうか。

池内：実は、<u>このたび</u>当社では、新しい商品を提供することになり
　　　ました。<u>よろしければ</u>、お伺いして詳しい説明をさせていた

だきたいと思うのですが、少し、お時間を<u>ちょうだいできま</u>
<u>せん</u>でしょうか。

佐藤：そうですか。では、来週木曜日の午前に来ていただけません
　　　か。

池内：申し訳ございません。あいにくその日は<u>外せない用事</u>がござ
　　　いまして。<u>できましたら</u>、ほかの日にお願いできませんで
　　　しょうか。

佐藤：そうですか。じゃ、金曜日の午前はいかがですか。

池内：はい、けっこうです。では、お時間は、何時頃が<u>ご都合よろ</u>
　　　<u>しい</u>でしょうか。

佐藤：１０時に工場の事務所までいらして下さい。

池内：わかりました。それでは、来週金曜日の１０時にお伺いしま
　　　すので、よろしくお願いいたします。

佐藤：<u>お待ちしております</u>。

池内：はい、では、失礼いたします。

■ ビジネスコラム：席次のマナー

① 応接室の場合

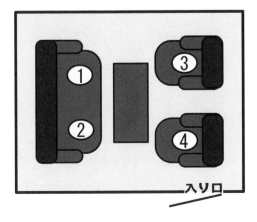

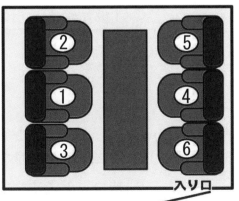

② 会議室の場合

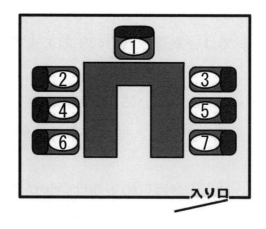

③ エレベーターの場合

　■ 練習

1、

① （　○　）玄関に入る前に身なりを整え、コートは脱いで、片手
　　　　　　に持つ。手袋やマフラーも取る。ただし、冬の寒い日

で、門から玄関が離れている場合は、コートは着たままでもよい。臨機応変で。

② （ × ） アポイントメントがある場合でも、受付の方にしっかりとした挨拶をした上で、指示を受けるというのが一般的である。

③ （ × ） 自分が相手のお客であっても若手のうちは基本的に下座に座るようにする。ただし、相手がこちらにどうぞとあえて上座をすすめた場合などはその指示に従ってかまわない。

④ （ × ） その場合は、入口に近い下座に座ったほうがよい。

⑤ （ × ） コートやマフラーなどは軽く畳んでとなりに置くが、大きな荷物やバッグは足元に。

⑥ （ ○ ） 最初に訪問した会社などでは、色々なものに興味がわくかもしれないが、原則として座ったままの状態でいることがマナーである。また、待っている間に資料などを読むのはかまわないが、携帯電話などでの通話はNGである。

⑦ （ × ） ビジネスの世界では、あまり早く訪問されても先方にとって迷惑な場合もあります。１０分前ぐらいに着いて身だしなみを整えた後、５分前くらいに受付を済ませるよう心掛けましょう。

⑧ （ × ） マナーでは１人用の椅子よりも長椅子のほうが格上。お客様には長椅子をすすめる。

⑨ （ ○ ） きれいな絵画や景色はお客様が見えるようにしよう。

その心遣いがマナーである。

⑩ （ × ） 茶たくだけ置くのはマナー違反。必ず茶たくに茶碗を
のせて出す。

2、

① A

固辞されると案内したほうも気まずいもの。立場に関係なくす
すめられた席に座るのがスマート。

② C

自分が先に入って「開」ボタンを押し、扉をおさえて安全を確
保することが大事。降りるときは扉を押さえながらお客様を先
に降ろす。

③ B

他社の一番目上の人から出す。通常入口からもっとも遠い席が
上座なので、その席に座っている人から出す。

④ B

座礼は座布団を外して行うのがマナー。

▶第 11 課　会社訪問と接客

■ 確認クイズ

1、

① d ② b ③ e ④ c ⑤ h ⑥ f ⑦ g ⑧ a

2、

① b ② f ③ d ④ e ⑤ g ⑥ d ⑦ a

■ 談話

1、相手に遅れることの了承を得る

Ⓐ：申し訳ありません。10時にお伺いする予定でしたが、都合で３０分ほど遅れてしまいそうですが、お待ちいただけますでしょうか。

Ⓑ：はい、かまいませんよ。

Ⓐ：お忙しいところをご迷惑をおかけして申し訳ございません。急いで参りますので、よろしくお願いいたします。

Ⓑ：はい、お待ちしております。

2、アポイントメントがある場合

Ⓐ：失礼いたします。私、中日商事の池内と申します。

Ⓑ：いらっしゃいませ。恐れ入りますが、どのようなご用件でいらっしゃいますか。

Ⓐ：10時に開発部の佐藤様とお会いする約束をしておりますが、お取次ぎ願えますでしょうか。

Ⓑ：かしこまりました。そちらのいすにおかけになってお待ちください。

　　……（数分後）……

Ⓑ：お待たせいたしました。それでは、ご案内いたします。エレベーター右手のインターホンで666とお押しいただきますと、佐藤が参ります。

Ⓐ：666ですね。わかりました。ありがとうございます。

3、アポイントメントがない場合

Ⓐ：いらっしゃいませ。

Ⓑ：失礼いたします。中日商事の石原と申します。開発部の佐藤様はおいでになりますでしょうか。お約束はいただいておりませんが、近くまでまいりましたので、ごあいさつと思いまして。

Ⓐ：申し訳ございません。佐藤は本日お休みをいただいておりますが、いかがいたしましょうか。

Ⓑ：そうですか。では、またの機会に伺わせていただきます。

Ⓐ：せっかくお越しいただいたのに、申し訳ございません。

Ⓑ：いいえ、こちらこそ突然お伺いいたしまして。

4、応接室への案内

Ⓐ：お待たせいたしました。２階の応接室にご案内いたします。こちらへどうぞ。

Ⓑ：はい、恐れ入ります。

Ⓐ：段差があるので足元にお気をつけください。

Ⓑ：ありがとうございます。

Ⓐ：こちらです。どうぞお入りください。吉田は間もなく参りますので、少々お待ち下さいませ。

■ 会話－１：受付での取り次ぎ

吉田：いらっしゃいませ。

池内：お忙しいところを恐れ入ります。中日商事の池内と申しますが、いつもお世話になっております。開発部の佐藤様と１０時のお約束で伺いましたが。

吉田：池内様でいらっしゃいますね。お待ちしておりました。ただ今、呼んでまいりますので、どうぞこちらにおかけになって

　　　　<u>お待ちください</u>。

池内：はい、恐れ入ります。

吉田：お待たせいたしました。あいにく<u>会議が長引いておりまし</u>
　　　<u>て</u>、大変申し訳ございません。あと 20 分ほどで終わると思
　　　いますが、お待ちいただけますでしょうか。

池内：そうですか。では、それまで待たせていただきます。

吉田：申し訳ございません。ただ今、お茶を持ってまいります。

池内：どうぞ、<u>おかまいなく</u>。

　　　……（２０分後）……

吉田：大変お待たせいたしました。佐藤は応接室のほうでお待ちし
　　　ております。それでは、応接室にご案内いたしますので、ど
　　　うぞこちらへ。

池内：お願いします。

吉田：エレベーターで５階までまいります。

池内：ありがとうございます。

吉田：<u>こちらになります</u>。

　　　……（ノックして入室）……

吉田：失礼します。部長、東京貿易の池内様がお見えになりました。

佐藤：お待たせいたしまして、どうも申し訳ございませんでした。

池内：とんでもございません。本日は、わざわざ<u>お時間を割いてい</u>
　　　<u>ただき</u>、ありがとうございます。

佐藤：今日は<u>どのようなご用件</u>でしょうか。

池内：早速ですが、先日お願いした件、<u>ご検討いただけた</u>でしょう
　　　か。

佐藤：申し訳ないです。検討したんですが、貴社の期待に<u>添いかね</u><u>る結論</u>となってしまって。

■ 会話－２：応接室での面会

吉田：いらっしゃいませ。

池内：失礼いたします。私、中日商事の池内と申しますが、開発部長の鈴木様に<u>お取次ぎいただきたい</u>んですが。

吉田：失礼ですが、お約束がございますか。

池内：はい、２時にお約束をいただいております。

吉田：失礼いたしました。確かに<u>承って</u>おります。応接室にご案内いたします。どうぞこちらへ。

池内：ありがとうございます。

　　　……（応接室で）……

吉田：鈴木は<u>まもなくまいります</u>ので、どうぞこちらにおかけになってお待ちください。

池内：失礼します。

吉田：<u>粗茶</u>ですが、どうぞ。

池内：どうぞおかまいなく。

　　　……（しばらくして）……

鈴木：お待たせいたしました。今日はどういったご用件でしょうか。

池内：お忙しいところ<u>恐縮</u>です。実はこの度、弊社が開発いたしました商品の試用を是非とも貴社にご検討いただけないかと思いまして。

鈴木：そうですか。

池内：本商品は一般の市販品と比較して持久力が大幅に改良されております。

　　　……（20分後）……

鈴木：もっとゆっくりお話ししたいのですが、あいにく今日は3時から会議が入っておりますもので。

池内：お忙しいところお邪魔いたしまして、申し訳ございません。では、これをご縁に今後ともよろしくお願いいたします。

鈴木：はい、明日にでも会議を開き、なるべく早めにご連絡できればと思います。

池内：よろしくお願いします。本日はお忙しいところどうもありがとうございました。すっかり長居をいたしまして。

鈴木：いいえ、こちらこそ。では、出口までご案内いたしますので、こちらへ。

■ 練習

1、

解答：

① （ 〇 ） お客様を先導して歩くときには、背中を向けないように、斜め少し手前を歩くようにし、時々振り返って歩調を合わせながら進む。

② （ × ） 階段をのぼる際は、お客様を先にしてその後を自分が続く。お客様より高い位置に立たないためである。階段を降りる際は、自分が先に進む。

③ （ 〇 ） エレベーターに乗る際は、自分が先に乗って操作ボタンの前に立つ。降りる際は、操作ボタンの「開く」を

押し、ドアを押さえてお客様を先に降ろした後自分も
降りる。

④（　×　）応接室や会議室など、お客様をお通しする部屋に着い
たら、必ず2回ノックをしてからドアを開ける。確
実に中に人がいないと分っている場合でも、ドアをノ
ックするのがマナーである。

⑤（　○　）先に入出する際に「お先に失礼いたします」と一言添
えると良い。また、ドアが「外開き（手前に引いて開
けるタイプ）」の場合は、ドアを明けて押さえてお客
様をお通しし、その後に自分が入室する。

⑥（　×　）上座、下座の基本的な考え方は、出入口から遠い方が
上座、出入口に近い場所が下座である。

2、

解答：

①（　○　）玄関に入る前に身なりを整え、コートは脱いで、片手
に持つ。手袋やマフラーも取る。ただし、冬の寒い日
で、門から玄関が離れている場合は、コートは着たま
までもよい。臨機応変で。

②（　×　）アポイントメントがある場合でも、受付の方にしっか
りとした挨拶をした上で、指示を受けるというのが一
般的である。

③（　×　）自分が相手のお客であっても若手のうちは基本的に下
座に座るようにする。ただし、相手がこちらにどうぞ
とあえて上座をすすめた場合などはその指示に従って

かまわない。

④（　×　）その場合は、入口に近い下座に座ったほうがよい。

⑤（　×　）コートやマフラーなどは軽く畳んでとなりに置くが、
　　　　　　大きな荷物やバッグは足元に。

⑥（　○　）最初に訪問した会社などでは、色々なものに興味がわ
　　　　　　くかもしれないが、原則として座ったままの状態でい
　　　　　　ることがマナーである。また、待っている間に資料な
　　　　　　どを読むのはかまわないが、携帯電話などでの通話は
　　　　　　NG である。

⑦（　×　）ビジネスの世界では、あまり早く訪問されても先方に
　　　　　　とって迷惑な場合もあります。10 分前ぐらいに着い
　　　　　　て身だしなみを整えた後、5 分前くらいに受付を済ま
　　　　　　せるよう心掛けましょう。

⑧（　×　）マナーでは 1 人用の椅子よりも長椅子のほうが格上。
　　　　　　お客様には長椅子をすすめる。

⑨（　○　）きれいな絵画や景色はお客様が見えるようにしよう。
　　　　　　その心遣いがマナーである。

⑩（　×　）茶たくだけ置くのはマナー違反。必ず茶たくに茶碗を
　　　　　　のせて出す。

3、

①　B
　案内人はお客様の斜め前 2 ～ 3 歩前を歩く。ときどき振り返り
ながら会話をしよう。

②　A

固辞されると案内したほうも気まずいもの。立場に関係なくすすめられた席に座るのがスマート。

③　C

自分が先に入って「開」ボタンを押し、扉をおさえて安全を確保することが大事。降りるときは扉を押さえながらお客様を先に降ろす。

④　B

他社の一番目上の人から出す。通常入口からもっとも遠い席が上座なので、その席に座っている人から出す。

⑤　B

座礼は座布団を外して行うのがマナー。

▶第 12 課　社内文書

■ 確認クイズ

①（　○　）紹介状、見舞い状、あいさつ状などの社交文書の書式は縦書きが一般的である。

②（　×　）ビジネス文書では 1 文書 1 件が原則である。

③（　○　）社内文書は簡潔明瞭を第一にする。

④（　×　）番号、金額、数量などは算用数字を使用するが、固有名詞や概数（数百、数億など）、成語（一般、四季など）には漢数字を使用する。

⑤（　○　）社内文章は頭語、結語、あいさつは省略する。

⑥（　○　）社内文書は丁寧な表現はほどほどにする。

■ 練習

1、

① 同音異義語など、誤変換しやすい言葉には注意しましょう。

　　誤）　記事を作り直した後、いつ内見会サンプルを出火できる
　　　　か、予定をご連絡ください。

　　正）　生地を作り直した後、いつ内見会サンプルを出荷できる
　　　　か、予定をご連絡ください。

② 主語述語は、離れるほど意味が捉えづらくなります。

　　誤）　中山が展示会の件で先日貴社へ伺った際に、吉田様にお
　　　　渡ししました。

　　正）　展示会の件で先日貴社へ伺った際に、中山が吉田様にお
　　　　渡ししました。

③ 乱暴な印象を与えないように注意します。

　　誤）　見れるようになりましたんで、どうぞご利用ください。

　　正）　見られるようになりましたので、どうぞご利用くださ
　　　　い。

④ 誤った例では、課長が新任なのかどうか判断できません。

　　誤）　新任の部長と課長が工場見学に伺う予定です。

　　正）　新任の部長、課長が工場見学に伺う予定です。

2、

① A

　「以上」はビジネス文書で連絡や報告、説明はここまでで終わ
　りということを示す言葉である。礼状は社交文書なので、「以
　上」を書くのは不適当である。

② C

社内文書も社外文書も、発信日は発信当日の年月日を書くのが原則である。

3、

①稟議書　②報告書　③案内文　④議事録　⑤指示書

▶ 第13課　ビジネスメール

■ 確認クイズ

①（　○　）

②（　×　）メールとは、基本的に情報をいち早く伝える為のツールである。必要な項目を端的に書き、受信者がその内容を理解しやすいような文章作りが出来るように心がけよう。

③（　○　）メール本文の1行の最大文字数は、全角で30〜35文字程度とすることがマナー。これは、1行が長いメールだと横スクロールしないと読めないといったことを避けるためで、見た目に読みやすいメールを書く事を促すためのマナーである。

④（　○　）

⑤（　×　）文頭には「○○（社名）○○（相手の名前）様」と宛名を入れ、文章の文頭と文末には簡単な挨拶を一言入れると良い。

⑥（　○　）基本的にメールは、数日中に確認する程度の内容とい

う認識が強いものである。その中に緊急の要件が紛れ込んでいれば、見逃されてしまう場合もあるかもしれない。そういったケースを防ぐためにも、電話確認を習慣づけよう。

■ 練習

1、

① g ② e ③ c ④ f ⑤ a ⑥ b ⑦ d

2、

① B

質問に答える場合は、件名が同じほうが相手も把握しやすいので、「Re：○○」で返しても、失礼ではない。

② A

「BCC」に指定されたメールアドレスは、他の受信者に表示されない。他に誰に送ったかわからないようにするには「BCC」を使う。また、「BCC」の人はメールを受け取ったら、返信しなくてもよいとされている。

③ B

ウイルスメールはあなたの知らないうちに添付ファイルとして別の人に送られていることがある。そのため、メール本文に添付ファイルがあることがしっかりとかかれていないと受信者は添付を見ないかもしれない。

▶第14課　社外文書

■ 確認クイズ

① （　×　）社外文書は企業を代表して先方に送る文書なので、形式や文章表現などの体裁が整っていなくてはならない。

② （　○　）

③ （　×　）社内文書は社内の関係部署や上司に提出する文書で、社外文書は取引先などにあてて出す文書である。

④ （　○　）弔慰状というのは、あいさつを抜きにして、まずお悔やみを述べることになる。

⑤ （　×　）団体、部署宛は御中。職名を使ったら殿。個人名に職名を使ったら様。多数にあてる場合は、各位を使う。

⑥ （　×　）「かしこ」は女性が書く場合に使える言葉で、ほとんどの頭語に使える。一般の手紙なら「前略」にも「拝啓」にも「謹啓」にも使えるが、やわらかい印象の言葉のためビジネスには不向き。「前略」の結語は「草々」。

■ 練習

1、

① C

採用担当者の会社名、部署名、個人名の順で記載します。

② A

「謹啓」「謹白」、「前略」「草々」という表現もありますが、社外文書を書くときに一般的なのは「拝啓」「敬具」です。

③　C

　　このケースはAのように謙譲語でもBのように尊敬語でも
OK。Cは「お送りして」の部分が、「送る」と「する」で動
詞が重なっているので×。

2、

①（　5月　）②（　3月　）③（　1月）④（　11月　）

⑤（　10月　）⑥（　8月　）

國家圖書館出版品預行編目資料

商用日語／何純慎著. — 初版. — 臺北市：
五南，2015.02
　　　面；　　公分.
ISBN 978-957-11-7957-5（平裝）

1.日語　2.商業　3.會話

803.188　　　　　　　　　　103026109

1AK7

商用日語

作　　者 ─ 何純慎

發 行 人 ─ 楊榮川

總 編 輯 ─ 王翠華

主　　編 ─ 朱曉蘋

封面設計 ─ 童安安

插　　圖 ─ 凌雨君

出 版 者 ─ 五南圖書出版股份有限公司

地　　址：106台北市大安區和平東路二段339號4樓

電　　話：(02) 2705-5066　　傳　　真：(02) 2706-6100

網　　址：http://www.wunan.com.tw

電子郵件：wunan@wunan.com.tw

劃撥帳號：01068953

戶　　名：五南圖書出版股份有限公司

台中市駐區辦公室/台中市中區中山路6號

電　　話：(04) 2223-0891　　傳　　真：(04) 2223-3549

高雄市駐區辦公室/高雄市新興區中山一路290號

電　　話：(07) 2358-702　　傳　　真：(07) 2350-236

法律顧問　林勝安律師事務所　林勝安律師

出版日期　2015年2月初版一刷

定　　價　新臺幣380元